目（めまい）眩

谷崎泉

CHARADE
BUNKO
二見シャレード文庫

目眩《めまい》

イラスト――藤咲なおみ

悲劇と喜劇……は、似ている…。

地下鉄を降りて、乗り換えのためにお茶《ちゃ》の水《みず》の駅まで、家路を急ぐ人波に揉《も》まれるように歩いた。ホームに上がってちょうど来た電車に乗り込むと、すでに最終に近いというのに大勢の人で車内は溢《あふ》れていて座ることなどとてもできなかった。働きすぎの人間が多い東京では、最終電車の方がもっとサラリーマンで混み合う。バブルが弾《はじ》け、タクシーという手段がなくなった今、その混雑ぶりは増しているという。

僕は運よく窓際の手摺《てす》りに摑《つか》まることができて、動き出した車内でほっと溜《た》め息をついた。俯《うつむ》き加減で見た新しいスーツに、昼食の時にうっかりつけてしまった染みを見つけて、クリーニングに出さなくては…と思う。まだ入社して二月《ふたつき》も経ってなく、スーツは二着しかない。なるべく早めに出しておかなければ、不測の事態に対応できない。

先月、研修を終えた僕は広報部という部署に仮配属された。本採用は六月となっているが、よほどのことがない限り、一度入った部署から出されはしないので、このまま広報部に配属されるのだろう。

まだ勉強中の僕だが、出世街道の入り口と社内で目されているだけあって、かなり忙しい部署なので、毎晩のように最終に近い電車に乗る羽目になっている。僕としてはそのようなところに配属されるのは心外だったのだが、僕の経歴からすれば仕方のないことだったから、諦《あきら》めをつけて毎日をそれなりに過ごしていた。

新宿を過ぎると、途端に車内の人間が減る。運よく見つけた空席に腰かけて、まだ取っていない夕食をどうするかと考えているうちに、中野《なかの》の駅に着いた。次々降りていく人に混じって、僕も電車を降りて定期を使って改札を出る。実は考えなくても夕食は決まっていた。コンビニで弁当を買うしかないのだから。

駅前のローソンに入ると、あいにく弁当類が一切売り切れていた。妙な新製品のオムライスなどは残っていたのだが、食べる気がせずに、仕方なくおにぎりとカップラーメンを買って店を出た。

中野の商店街とは反対の方向に歩いて十分ほど。寂れた住宅街に古く白っぽいアパートが現れた。昭和の時代に建てられたアパートは、半分くらいが空き室になっている。住人も何かわけありの人間が多い様子で、顔を合わせたことはない。六畳の部屋と四畳半の台所。風呂にトイレ。それだけの部屋だが僕には十分だった。

カンカンと音が響く錆《さ》びた階段を上がり、鍵《かぎ》を取り出しながら顔を上げた時だった。僕は心臓が止まるかと思うほどに驚いた。自分の部屋の前に誰かがいる。その人影を見ただけで、息をするのも忘れてしまう。

まさか…。そう思う気持ちが鼓動を速めていく。

逃げなきゃ…。頭の中で急《せ》かせる言葉が渦を巻くのに足が動かない。

一瞬にしていろんな思いが頭の中に一気に沸き出てきた。同時に、後悔も。自分はなぜあの時…。そう思いながらも、自分のしたことを否定しきれない自分もいる。

そんなふうに焦っていた僕の前、人影が少し動いてこちらを見た。

「香原《かはら》…」

僕の名字を呼ぶ声に、詰めていた息を一気に吐き出した。恐れていたものではなかったのだ。聞き覚えはあるが、決して僕が一番に怖がっている声ではないのに安堵《あんど》すると、焦りを浮かべていた顔つきを自然に元のポーカーフェイスに戻すことができる。

「誰？」

中古品のようなアパートに明るい照明はなく、しかも僕の部屋の前の電灯は消えていた。人影だけでしっかり判別できない顔に、僕は警戒心を持ちながら聞いた。

「俺だよ」

そう言いながら、僕の方へ一歩を踏み出した人影に隣の部屋の照明が当たり、僕にその顔を知らしめる。「ああ」と口中で呟《つぶや》いて見た男の顔は憔悴《しょうすい》していた。声だけでなく、顔も見覚えがある。ただ、決して歓迎したくない来客なので、僕は眉《まゆ》を顰《ひそ》めて彼に尋ねた。

「何か用？　それにどうしてここがわかった？」

後の質問の答えはわかっていた。きっと、昨日《きのう》か一昨日《おととい》にでも僕を尾《つ》けたのだろう。ここの住所は誰にも教えていない。会社には嘘《うそ》の住所と電話番号を登録してある。だから、彼がここを知り得たのは僕を尾けたからだとしか思えない。

「いや…。話がしたくて…」

見透かすような僕の視線に、彼は戸惑《とまど》った顔で言い訳するように言った。自信なさげな様子は、とても初対面の時の彼と同一人物とは思えなかった。

彼…部屋の前で待っていた男は、山下《やました》という同期入社の男だった。四月、富士の麓《ふもと》の社所有の山荘で行われた新人研修で、山下は一番に目立って輝いていた。慶応《けいおう》出身の彼は地方の金持ちの息子で、高身長でルックスもよく、性格も押しの強い明るい人間だったので、同期の中では一番の出世頭とすでに目されていたのだ。

だが、目の前にいる戸惑い顔の男は、それと同じ人物とはとても思えない。

「尾けたのか？」

答えない山下に確認するように聞くと、彼はゆっくりと頷《うなず》いてから僕を窺《うかが》うように見た。その目が小動物を思わせて、僕はいやな気分になって溜め息をついた。

「何度も言っただろ？　迷惑だって」

「……俺は…」

「帰ってくれるかな。それと、ここの住所は誰にも言わないで欲しい」

「なんで…だ？　どうして…。社の名簿の住所や電話番号は…」

山下の疑問に苦々しい思いで眉根を寄せた。彼が不思議に思うのは無理もない。きっと僕が書いている嘘の住所に行ったのだろうし、電話もかけたのだろう。そこには僕の痕跡《こんせき》すらなくて、山下は困り果てて僕を尾けたのだろうから。

「会社とプライヴェートは別だろう。個人的なコトを知られるのが嫌いなんだ」

要するに、山下のような行動が一番嫌いだと言いたかったのだが、彼がそんな遠回しないやみをわかってくれるはずもない。

「でも…何もこんなところに…」

そう言ってアパートを見回す山下は苦労知らずでここまで来たお坊ちゃんだ。僕だってそれについてはあまり人のことは言えないのだが、少なくとも、山下にはこんなところに息を潜めて住まわなきゃいけない事情なんて、想像もできないに違いない。

「うちの給料はいいはずだろ？　そりゃ、まだ仮配属だけど…寮だってもっとまともな…」

「君には関係ない。君は何度も言わなきゃわからない人種らしいね。さっき言ったことまで忘れた？　個人的なコトを知られるのが嫌いなんだ、僕は」

強めの口調で言うと、山下は唇を結んで黙った。じっと耐えるような表情をしてから、深く息を吸い込み、懇願するように口を開く。

「香原。話をするだけでいいんだ」

「僕にする話はない」

冷たく言いきって、僕は山下の横を通り抜け、自分の部屋の前に立つ。山下は僕を捕まえるでもなく、僕を縋《すが》るように見つめていた。僕はその視線が鬱陶《うっとう》しくて、早く部屋に入ってしまおうと急いで鍵を取り出した。

「俺…こんなの初めてで……どうしたらいいのかわからないいんだ」

「僕には関係ない」

「そんなことを言うなよ」

「僕が君に何かした？　何もしてないし、何も言ってないはずだ。なのに、僕にどうにかしろなんて筋違いだろ？　僕は君に興味もないし、話すことなんかひとつもない」

鍵をドアノブに差し込み、回しながら、少しきついと思われる言い方をした。はっきり言わないと、また明日も山下が玄関で待っているかもしれないのだ。

「でも…」

「二度と来るなよ。君だってせっかく就職したのに、辞《や》めたくないだろう？　順風満帆な人生じゃないか。慶応からM物産。その上、君は将来だって約束されたも同然なんだ。何もかも忘れて仕事に打ち込めよ」

脅しが入ってるように聞こえたかもしれないが、僕にとっては最大の、彼を思いやった言葉だった。チラリと見た山下は、それでも納得できないような顔つきで俯いていた。僕は溜め息をつき、ドアを開けると中に入ろうとした。

「…忘れられないんだ。…お前の……」

山下の言葉を最後まで聞かないように派手な音を立ててドアを閉め、ロックしてチェーンをかけた。山下が鍵を壊してまで中に入ってくることは到底ないだろうが、念のためにチェーンはかかせない。僕には山下よりもはるかに恐れる相手がいたし。

靴を脱いで狭い台所に上がると、薄い壁越しに山下の足音が聞こえた。階段を降りていくカンカンという足音に、諦めて帰っていったのだと少し安心する。

まだ新しい小さな冷蔵庫からペットボトルのお茶を取り出して一口飲む。息を吐くと、山下の最後の台詞《せりふ》が頭の中に甦《よみがえ》った。

忘れられないんだ…お前の…

思い出して、僕は知らずのうちに右足を押さえていた。


翌日。出社するといつものような忙しさに紛《まぎ》れて、すっかり山下のことなど忘れてしまっていた。というより、山下など僕にとっては取るに足らない存在で、彼が目の前にいる時以外は完全に彼の存在など忘れてしまえる。

だが、その日は違った。

「香原くん。ちょっといい?」

呼びかけられて振り向くと、見覚えのある顔が部の入り口にあるカウンターで手招きをしていた。肩までの髪をシャギーにして、淡い水色のシャツに茶色地のスカート。細い足を支えるミュールは壊れそうな繊細なものだ。

「近藤《こんどう》さん?」

先月の研修で一緒に過ごしていた同期の近藤さんだった。確か彼女は総務に仮配属されたはずで、広報部にはなんの縁もないはずなのだが…そう思いながら、席を立って彼女の近くまで歩み寄った。

「ごめんね。忙しい時に。香原くん、お昼どうしてる?」

「え？　外で食べてるけど」

「今日、一緒しない？」

思いがけない誘いに僕は素直に頷いた。近藤さんはにっこり笑って「じゃ、シェ・ヤマで待ってるから」と店を指定して足早に去っていった。どうもどこかの部への用事を言いつけられた途中、寄ったらしい。

席に戻りラップトップの画面を見ながら、突然の誘いのわけを考えていた。近藤さんは同期の女の子の中でもトップクラスに可愛い上に、父親はうちの系列会社の重役をしているというお嬢さんだ。その彼女が僕を誘いに来る理由…。

僕自身に興味があってのことではないのは明白だった。自慢じゃないが、女の子から恋愛の対象にされたことなど一度もない。いや、僕のあずかり知らぬところではあったかもしれないが、少なくとも僕自身の耳には一度も入っていない。

午前の業務を終えると、僕は少し訝《いぶか》しく思いつつ、近藤さんの指定した店に行った。店内は小洒落《こじゃれ》たビストロというのも手伝って、女の子だらけだった。いや、男など僕しかいなかった。それでも、僕は中性的とまでいわれる外見だけあって、違和感なく店内へと入っていった。店の奥まったところに近藤さんは座っていて、僕を見つけると手を挙げた。

「待たせた？」

「ううん。私も今来たトコ。ランチでいいよね？」

近藤さんに頷いて、ちょうど水を持ってきたウェイターにランチを二つ頼む。

「でも、ホントに香原くんって不思議だよね。こんなに女の子ばかりでも浮かないもの」

「そうかな」

「うん。これだけいても一番、美人なんじゃない？」

笑って言う近藤さんに「冗談だろ？」と言って笑いを返したが、内心では笑えなかった。

事実、僕の外見は大勢いるどの女性よりも美しかった。

僕の母はミス日本に輝いた経歴のある美人だが、僕はその母の美しさをバージョンアップした形で受け継いでしまった。子供の頃は誰もが僕を女の子だと信じて疑わなかったし、それは中学に入って制服を着るようになる頃まで続いた。いや、成長期を終わり、すっかり大人になった今でさえ、僕の外見は美しいという表現以外ないらしい。

だから僕は…。

そうなのだ。僕がもっと普通の顔形であったなら、今頃は霞《かすみ》ヶ関《せき》で予算の計算でもしていたはずなのに。

「突然、ごめんね。驚いたでしょ？　話があって」

近藤さんの言葉に我に返って一口水を飲む。彼女の口から考えても思いつかなかった誘いの理由を聞こうと耳を傾けると。

「山下くんのことなの」

鉄壁といわれるポーカーフェイスで表情をまったく変えなかった僕だが、内心には溜め息と惑いが溢れていた。

近藤さんが山下の名前を持ち出した理由を推測するのは簡単だ。思い出せば、彼女は山下に気があって研修中も彼に取り入るような態度を見せていた。だが、これは単純な恋愛相談ではないだろう。そういう種類のものであれば、僕よりも適任者がいるはずだし、同じ同期でも山下と同じ大学のヤツを選ぶだろう。

近藤さんがわざわざ僕を選んだ理由は…。

「山下くんね。最近様子がおかしいっていうか。すごく元気がないのよ。私、入社する前から彼を知ってるんだけど…大学のねサークル関係で。私が通っていた大学って慶応と繋《つな》がりが深かったから…。そんな時から見てるけど、あんな彼は初めて。いつだって元気で前向きで、研修の時だってあんなに皆のリーダー的存在で頑張ってたでしょ」

「そうだね」

心配げに顔を顰《しか》める近藤さんに適当な相槌《あいづち》を打ちながら、山下が何かを言ったのだろうかと危ぶんでいた。彼の様子ならば誰にも他言はしまいと高を括《くく》っていたのだが、そうでもなかったのか。

「社会に出て馴染《なじ》めなくて体調を崩すっていうタイプでもないし、部内でも期待されていたみたいだし。私、心配で彼に直接聞いたの」

「…それで?」

「答えてくれなかったわ。関係ないって」

とても寂しそうな顔で言う近藤さんが可哀相《かわいそう》だった。僕は女性にはとても優しい。過度ともいえるフェミニストだと思う。女性は僕に危害を加えないし、とても優しくて弱くて可愛《かわい》らしい存在だからだ。

「近藤さん。気にしない方がいいよ。山下くんだって疲れてるんじゃないかな。僕だって慣れない毎日でへとへとだもの。もうすぐ元気になるよ」

「うん。そう思って…」

そこにウエイターが料理をのせた皿を運んできた。僕たちの話は中断され、「まずは食べようか」と近藤さんを促して、籠《かご》に入ってるフォークを差し出した。彼女は頷いたものの、何か言いたげで僕は首を傾《かし》げて近藤さんを見た。

するとと、彼女は決意したような顔をして口を開く。

「香原くん。私のお願い聞いてくれる？」

お願い…と心中でくり返して、その内容を素早く考えた。だが、僕が結論にいたる前に近藤さんが先を続けた。

「山下くんを励ましてあげて」

「え…」

彼女の言葉をどう取ればいいのか。僕は頭をフル回転させた。近藤さんはどこまで知ってるのか。どういう意味で「励ませ」と言ってるのか。山下から何かを聞いたのではないか。そんなふうに裏を考えて答えられない僕に、近藤さんは話し始める。

「私、本当に心配で樋口《ひぐち》くんたちに相談したのね。ほら、同期で慶応の。樋口くんたちも山下くんの様子をすごく心配してたみたいで、彼に聞いたんだって。でも、やっぱり山下くん何も答えてくれなくて。だけど…」

「だけど？」

「…山下くんが香原くんのことを聞くんだって。誰か東大で同じ学部のヤツいないかって。どんな学生だったかとか、どこに住んでたのかとか……いろいろ、聞いてきてくれって」

僕は顔こそ歪《ゆが》めなかったものの、舌打ちをしたいような気分だった。アパートの部屋の前で待っていた山下はすでにストーカーに近いとは思ったが、これでは僕がもっと知られたくないことが知られてしまう可能性だってあるのではないか。

こうして、普通に過ごしている僕の日々を脅かす……過去。

「香原くん？　ごめん。香原くんは気分悪いよね」

「…いや」

「大丈夫だよ。私も樋口くんたちもそんな調べるなんてしてないし、調べるったって大学生なんて誰もが同じような生活送ってるじゃない？　調べる必要もないよね」

「そうだね」

「でね。樋口くんたちとも話したんだけど、山下くん、香原くんのコト。すごくライバル視してるんじゃないかって」

ライバル…。じっと見つめてしまっていた近藤さんの小さな顔から出てきた言葉に、僕は思わず大きな溜め息をつきそうになった。安堵の溜め息。近藤さんや樋口たちの純粋で素直な思考に感謝したくなった。

「ライバルなんて…。僕と山下くんとじゃ、全然タイプが違うよ」

「うん。客観的に見てもそうだよ。けど、やっぱ、香原くんは東大法学部首席卒業とかってすっごい経歴があるじゃない？　山下くんからしたら驚異的っていうの？　そういうのがあるんじゃ…って」

「いくら学歴とかがあったって、そういうのは社会では通用しないからね。社会に出たら山下くんみたいな人柄が好まれると思うけどな」

「そうだよねえ」

にっこり笑う近藤さんに微笑《ほほえ》み返してあげる。彼女はそれにすごく安心した様子でようやくフォークを握って「いただきます」と食事に向かった。僕もそれに倣《なら》ってフォークを持ち上げ、皿に盛られたサラダを口にする。

「本当は香原くんも山下くんのコト、敵対視してるんじゃないかな…ってちょっとだけ思ってたのね。私たちみたいな女の子には関係ないけど、やっぱ、男の人にとっては競争の社会でしょ」

「確かにそうだろうけど、僕にはそういう競争とかって向かないから」

「うん。香原くんってホント優しいし、外見も…あ、ごめんね。悪い意味じゃないよ。本当に私なんかよりもずっと綺麗《きれい》だから」

「そんなコトないよ。近藤さんは可愛いから」

僕がそう言うと、近藤さんは少し顔を赤くして「やだなあ」と照れ隠しのように言った。本当に女の子は可愛いものだと思う。

「それでね。こんなの変かもしれないんだけど…香原くんからそれとなく言ってくれないかなあ」

「山下くんに？　僕はライバル視なんかしてないよ…って？」

「できればお互い頑張ろうとか言ってくれると、山下くんも安心して頑張れると思うの。同じ会社に入った仲間だもん。一緒に頑張っていかなきゃね」

そう言う近藤さんに「わかったよ」と優しく言ってあげると、彼女はとても嬉《うれ》しそうな顔をして喜んでくれた。僕にはもちろん、山下にそんな優しいことを言ってやる気持ちなど微《み》塵《じん》もなかったのだが、目の前の近藤さんを笑顔にさせるにはそう言うのが一番だとわかっていた。どんな時でも女の人の悲しむ顔など見たくないというのが、僕の持論だったから嘘も平気でつける。

山下の話が終わった後は他の同期の話や互いの仕事の話になり、いつも一人きりで食べている昼食よりもはるかに楽しいものになった。本当にこういう時を過ごすたびに、近藤さんのような女の子が僕の側《そば》にいてくれたらと切に願ってしまう。

そんなのは、不可能なのだと痛いほどにわかっているけれど。

「ありがとうね。香原くん。今度は佳代《かよ》も一緒にいい？」

「もちろん、歓迎するよ」

「佳代ってば香原くんのファンなんだよ。…あ、それと」

支払いを済ませて店を出て、扉を開けて近藤さんを先に通した時、彼女が思い出したように声をあげる。

「三倉《みくら》さんがね。同期会の連絡を香原くんにしようと思ったら電話が繋がらなかったんだって。彼女と同じ部なの。聞いて欲しいって言われたんだけど」

「そう？　変だな。繋がるはずだけど…。三倉さんに会社の方に連絡くれるように言ってくれる？　その方が早いし」

そうだよね…と頷く近藤さんには悪いが、三倉さんがいくらかけても電話は繋がらない。山下のように僕の後を尾行でもしなければ、僕のところに辿《たど》り着けないだろう。

僕にはそうしなくてはいけない理由があった。

「あ、いけない。私お昼イチで頼まれモノがあるんだ。じゃ、よろしくね」

近藤さんは明るく手を振ると店の前から小走りで駆けていった。僕はその後ろ姿を見送りながら、たぶん、今の時点で僕に不審感を抱いている唯一の人間…山下をどうにかしなくてはいけないと思っていた。


かといって、自ら山下などに会いにいく気分も湧《わ》かず、二度と来るなと言った僕の言葉を守るなら彼はアパートには二度と現れないはずで。どうしたものか…と思案しながら午後を過ごし、いつものように残業をして終電が近くなった頃、会社を出た。

表玄関はすでに開いておらず、裏の通用口を使って外に出る。まだまだ社内には人影があり、三々五々見られる帰宅する人々に紛れてビルを出た時だった。視線を感じて顔を上げると、昨晩と同じく憔悴した顔の山下が離れたところからじっと見ていた。心配する必要などまったくなかったというわけだ。

溜め息をついて僕は山下の方へと歩いていった。彼は僕の行動がとても意外だったようで、驚いた表情で僕を見つめていた。

「香原…」

「ちょっといい？」

僕は顎《あご》でしゃくるようにして山下についてくるように示した。通用口からはまだ人が出てきていて、二人で話しているところを社内の人間に見られたくなかった。通りを抜け、三軒西のビルの表玄関に出た。ここもすでに終業からだいぶ経ち、人影はまったく見られない。

「君はどうしたいわけ？」

後ろをついてきた山下を振り向いて、真正面から見据えて尋ねると、彼は困惑した様子で口を開いた。

「俺はただ…香原と話がしたくて…」

「話？　なんの？」

「それは…」

口ごもる山下は先を続けられなかった。聞いた話では大学時代、二股《また》三股は当たり前…みたいな生活を送っていたらしいが、目の前で困っている彼に、その片鱗《へんりん》は少しも見られない。僕は少し苛《いら》ついた気持ちで山下を見た。

「僕を抱きたいわけ？」

山下が俯けていた視線を上げてじっと僕を見る。うっすらと彼の額には汗が浮かんでいた。

「俺はホモとかじゃないと思うんだ…。けど、お前の……を思い出すと…」

「なんのコト？」

「何って…風呂場で見たお前の…」

「知らない。僕は君と一緒に風呂に入った覚えなんかない」

山下の顔がますます困惑していく。山下と一緒に風呂に入ったのは事実だった。僕の本意ではなかったのだが、研修中、夜中に一人で風呂に入っていた時、山下がたまたま入ってきた。予想もしなかった事態に慌てたが、髪を洗って流している時に突然隣に座られてしまって逃げようがなかった。

その時、彼は僕が決して見られたくはなかったものを見てしまった。

僕は研修の間ずっと皆と時間をずらして深夜に一人で入浴していた。山下に他意はなかった。彼は飲んでいて遅くなり、本当に偶然、風呂に入ってきたのだ。そして、一人で入浴している僕に気づき、何げない気持ちで隣の椅子《いす》に腰かけたにすぎない。

「でも俺は研修の…あの時」

「君の勘違いだ」

　はっきりと言いきる僕に、山下は言葉を返せなかった。自分が見たものは幻だったのか。彼の眉が思いきり顰められる。

　彼は事実、僕が見られたくなかったものを見たのだが、僕はそれを肯定するつもりはなかった。あくまでもなかったものとして言い通すつもりだった。あまりにきっぱりと否定する僕に、山下は一瞬見ただけのものが現実だったのか幻だったのか、判別できなくなったようだった。

「君が僕をどう見てるか知らないが、確かに僕はこういう外見だから誤解されて迷惑な行動に出られることが多い。でも僕はホモじゃないし、男と関係を持ちたいなんて思わない。君だってそうだろう？　ホモなんかじゃないだろう？」

　確認するように聞くと、山下は言葉を詰まらせて押し黙ってしまう。その額に浮かんだ汗が玉になって流れ落ちた。僕はいやなものを見てしまったと目を伏せて、山下に告げた。

「君は疲れてるんだよ。慣れない社会生活が始まって。全部忘れてあげるから。元の君に戻って暮らした方がいい」

「香原…」

「皆、君のことを心配してるよ。君がこんなふうに…僕に関係を迫ったなんて知ったら、皆失望すると思う。全部忘れてあげるから。君は将来を期待された男なんだから」

　それでも山下はまだ何か言いたそうだったが、俯いて唇を噛《か》みしめたまま黙っていた。僕は彼なりに納得したのだと切りをつけ、彼を置いて駅に向かおうとした。

数歩進み、もう一度言っておこうと思い、振り返る。

「君は何も見てないんだ。幻だよ…」

呆然《ぼうぜん》とした顔の山下に少しだけ微笑みかけ、僕は振り返って足を早め、その場を立ち去った。


それ以後、山下の姿はまったく見なくなった。彼の配属先と僕の部署はまったく離れていたし、彼がやってこなければ、滅多なことがない限り顔を合わせはしない。僕は山下の存在などすっかり忘れて忙しい毎日に翻弄《ほんろう》されていた。

そんなふうに数週間が過ぎ、仮配属だった僕たち新入社員に本配属の辞令が来週には降りる…といった頃。

僕は自分が読み違いをしていたことに気づかされた。

昔から僕は冷静沈着だと言われてきた。性格的に慌てたり焦ったりするのが嫌いなのだ。それに表情もあまり変わらないので、僕が慌てていても周りには少しもわからないらしい。

そんな僕だが、今は少し慌てている。

なぜなら…。

「…なあ…言うこときいてくれよ。…なあ…香原」

必死に言葉をかけてくる相手の震える手には光る包丁。自分の鼻先三寸に近づけられたそれに、僕は自分のちょっと焦った顔が映っているのをどこか遠くに見ていた。

目の前で包丁を握りしめて立っているのは、最後に見た時よりもはるかにやつれた山下だった。もう完全に初めて会った時の自信に溢れた彼の面影はなく、壊れてしまっているというのが誰にもわかるような外見になっていた。

まさか山下がこういう態度に出てくるとは思わなかった。いや、彼には悪いが完全に彼の存在など忘れてしまっていたのだ。それをいきなり背後から呼び止められ、振り返った先に包丁では、僕だって避けるに避けられない事態だ。

まだ、ここが自分の部屋とかだったら…。なんとかなったかもしれない。宥《なだ》めて、一回くらい寝てやれば、相手は自分を刺す気はなくなるだろう。けど、その後が鬱陶しいかもしれない。これくらい激しいと別れるのが大変だ。そういえば、大学に入ったばっかかの頃も、おかしいのがいた。彼はその後、郷里で病院に入れられたと聞いたが、どうなったのだろうか。

「か……香原くんっ……」

冷静に記憶を探っていると、斜め後ろから焦った声がかけられた。山下を刺激しないように少しだけ振り向けば、真っ青な顔で、先輩の青山《あおやま》さんが震えている。その後ろには、遠巻きにした黒山の人だかり。

「青山さん。危ないですから先に戻っててください」

僕はできるだけ彼女を安心させようと、にっこり笑って言った。課の先輩である青山さんと課長に頼まれた書類と荷物を近くの取引先に運び、戻ってきたところだった。青山さんは背も高くていつも毅然《きぜん》としている美人なのに、らしくなく真っ青になっている表情を見て、やっぱり女の人は弱くて可愛らしいものなのだと思う。

それに比べて…。と、振り返れば山下の後ろからにじり寄る警備員。おそらく警察も呼ばれているに違いない。

参ったな…。場所が悪い。

M物産本社ビルのロビイは広い。十階まで吹き抜けになっていて、長いエスカレーターやガラス張りのエレヴェーターが人間を運んでいる。いつも人の往来が激しく、うるさくはないが、静かでもない。そのど真ん中で、周囲を囲む人々に大きく空間を空けられて、滅多にない静けさの中、僕は山下と立っていた。

「来いよ…。香原。頼むから……」

山下の額に汗が滲《にじ》んでいる。玉になる汗。目が完全にイってる。

「来い…って言われても…」

溜め息をついて、どうしたものかと考える。この場でついていってやるのは簡単だが、こんな騒ぎになってしまっている以上、僕がついていったらそれこそ誘拐だ拉致《らち》だという騒ぎになってしまうかもしれない。けど、今の山下には何を言っても通じないだろう。

かといって、刺されてやるのも分が悪い。痛いのは嫌いなんだ。外科的な痛みが一番嫌い

な僕である。手の先を少し切ったくらいでも寝込みたくなるほどの痛さを感じるのだ。以前に痛覚が人よりも発達してるんじゃないかって言われたこともある。

山下の握っている包丁を見てぞっとした。あれで刺されるなんて…。考えただけで倒れてしまいそうになる。

いったい、僕が何をしたというんだろう。僕は何も悪くない。悪いことなんてしてないのに。

思い返すと再び深い溜め息が漏れた。それに反応した山下が切羽詰まった声で呼びかける。

「香原…っ…。俺の言う通りにしてくれよ…」

そんなことできるわけがないだろう…と思いつつも口には出さずに、上目遣いで山下を見た。血走った目。額に滲んでいた汗が顔中に噴き出していて、僕の嫌悪感を煽《あお》る。

醜いな…と思った時、山下の頬を伝って汗がよろよろになっているワイシャツに垂れた。

それを見て、僕は思わず、眉を顰めて本音を口にしていた。

「汗かきの男は嫌いなんだ」

その言葉に、山下はカラーン…と、包丁を床に落とした。愕然《がくぜん》とした表情。よほど、僕の言葉がショックだったらしい。山下の真っ青な顔から汗が滝のように流れ落ちた。

そんな武器を捨てた彼に、待ち構えていた警備員が背後から襲いかかり、三人がかりで彼を取り押さえた。彼は呆然として抵抗もしなかった。ただ、押さえつけられた床から、信じられないというふうに、僕を見ていた。

見られているのはわかっていたが、僕は彼を見なかった、目なんか合わせたら、夢に出そうでいやだったんだ。

僕は終わったことにほっとして、青山さんを振り返った。彼女はまだ青い顔で震えている。青山さんが足元に落とした書類を拾ってあげて手渡した。

「すみません、青山さん。お待たせしました」

安心させるように微笑んで、青山さんの震える手を握ってあげた。彼女はようやく我に返って僕を見ると、その顔を赤らめた。女の人は年上でもやっぱり可愛いものだ。

「え…と、いいの？　香原くん」

「行きましょう。課長が書類を待っています」

そう言うと、青山さんの手を引いてエレヴェーターホールへと僕は向かった。じっと見ている視線を感じてはいたが、決して後ろは振り返らなかった。

周囲からの視線を一身に浴びつつ、僕は青山さんとやってきたエレヴェーターに乗り込む。ガラス張りのそれが動き出すと、ホールを連行されていく打ちひしがれた山下の姿が見えた。彼にはなんの思いも湧かなかったが、ふと近藤さんの笑顔を思い出した。彼女を悲しませてしまうかもしれない。それが僕の唯一の後悔だった。


次の週。本配属の採用通知が手元に届いたが、通例のように仮配属先である広報部配属という辞令は僕には降りなかった。原因はもちろん、山下が起こしてくれた刃傷沙汰《にんじようざた》である。

山下はその後、郷里の両親が地元へ連れ帰り、自主退職を願い出たという。彼がどうなったのか知る由もないが、僕のことについて詳しくを誰にも語らなかった様子なので、その点だけは感謝していた。

山下が退職してしまったため、騒ぎの原因を上司に聞かれた僕はあくまでも心当たりがないと答え、山下が僕をライバル視していたらしくそこから誤解が生じていたのかもしれないと伝えた。だが、実際、あの場にいた人間の誰もが山下が僕に対して好意を持っていて、そこから生じた痴情のもつれであるとわかってしまっていた。そして、その種の噂《うわさ》の伝達速度は何よりも速く、人事部は「ほとぼりがさめるまで」とつけ加えて、僕に備品部への配属を言い渡したのだった。

僕の東大法学部首席卒業という経歴からすると、社内一番の閑職といわれる備品部への配属などは完全に不釣り合いなものだった。だからこそ、人事部はほとぼりが冷めたら再考するという話を伝えてきたのだが、僕としては備品部への配属は渡りに船だった。

僕は最初から会社内での出世など望んではいなかった。とにかく地味に定年まで会社にいられればいい。それだけが望みだったのに、僕の経歴や能力が邪魔をして、広報部からの出世コースに乗りかけてしまい、内心では鬱陶しく思っていたのだ。それを、自らではなくて他人のせいで壊されたという状態は、僕には心から喜べるものだった。

備品部はその名の通り、社内の備品を一手に管理する部門である。ボールペン一本から電球一個まで、各部からの要望により用意するのだが、要するに誰でもできる窓際な仕事である。本来ならば総務で兼ねればいい業務をわざわざ独立させているのにはわけがあって、備品部自体が各部から問題のある人間を左遷して送り込む場所として機能しているのだ。

全員が左遷されてきたという事実に暗い影を持ち、互いに興味も持たない備品部では歓迎会もなかった。僕は地下一階の隅にあるその部署にとても満足した。ここならば、定年まで誰の目にも留《と》まることなく、何事もなく過ごせるだろう。毎日会社に通ってくるだけでいいのだ。僕が望んでいたのはそういう単調な、ごく普通の、一般ではつまらないと言われるような生活だった。

二十二にして、すでに、僕の精神は隠居状態だったのだ。

備品部での毎日はしあわせだった。定時に始まり、定時に終わる仕事。掃除の手配や各部の備品チェック。一番年の近い（といっても三十代だが）鶴田《つるた》という先輩に業務内容を教えてもらったが、すべてを覚えるのに二日を要しなかった。

だが。まったく忙しくない毎日をのんびり過ごしていた僕の、しあわせな生活はすぐに崩れ去ってしまった。備品部へ配属されてから、たった一週間後のことだった。

「君か？　噂の彼は…」

背後からの声に振り返ると、三十代半ばの男が立っていた。スーツの上着を脇に抱え、煙草《たばこ》を咥《くわ》えている。笑う顔は灼《や》けていて、歯並びのいい白い歯が目立つ。かなりのいい男だ。百八十近くありそうな長身で見下ろす相手に、鍛え抜かれた防御アンテナがピピッと動くのを感じる。

僕は備品の残り数をチェックするために手にしていたファイルを閉じると、周囲に目を走らせた。その時僕は、建設部の備品部屋で在庫の点検をしていた。あいにく、他には誰もいなく、入ってくる気配もなかった。十二畳ほどの部屋は棚だらけで、出入り口も一カ所しかなく、逃げるには適していない。僕はとにかくこの部屋を出ようと、彼の背後方向にあるドアまでどうやって彼を避けていくか考えながら、ゆっくり彼を窺うように動いた。

それを見た彼がバカにするように鼻を鳴らす。

「ふうん…。かなり場数踏んでるな。あの坊ちゃんが捨てられたのもわかる」

それが、山下のことを指してるのだとすぐにわかった。山下は建設部に仮配属されていた。それを考えれば、建設部の人間は他の部の人間よりも僕を知っている確率が高いのだ。捨てるほどの関係じゃないと反論したかったが、関係のない人間は無視するに限る。僕は相手から視線を外すと、ファイルを抱え、ドアに向かった。

脇を通ろうとしたと同時に、腕を摑まれた。

「離してください」

「近くで見ると、ホントに綺麗な顔してるな。今晩あたり、どうだ?」

「冗談はやめてください」

眉間《みけん》に皺《しわ》を寄せ、相手の手を振り払おうとする。が、その腕をぐっと持ち上げられ、耳元に口唇《くちびる》を寄せられた。

「山下から聞いたぜ。俺にも見せろよ。お前の…」

信じられなかった。思わず見た相手は嘲笑《ちょうしょう》を浮かべて僕を見ていた。僕はすぐに視線を外すと、ありったけの力で腕を振り払い、備品室のドアを乱暴に開けて外に出た。そんな僕を追いかけるように笑いとともに声が追ってくる。

「今逃げてもどうせいやってほど会うぞ」

冗談じゃない。二度と会いたくないと思った。いやな男だ。

建設部を走り抜けてエレヴェーターに飛び乗り、閉まるのボタンを何度も押して慌てて扉を閉める。建設部には二度と行かない方がいいだろう。あの男には絶対に会いたくない。山下なんかには絶対にない、僕が今まで苦労してきた男たちと同じ匂《にお》いがする。こんな普通の会社には絶対にいないと思っていたのに。

一人きりのエレヴェーターで固く決意して、建設部の担当を誰かに代わってもらおうと思い、備品部のドアを開けた。その時、呼びかけない限り、いつもは決して顔を上げたりしない備品部の部長が部屋に入った僕を見上げた。「香原くん、机」と、暗い声で言われ、不思議に思いながら自分の机の上を見た僕は、建設部を走り去る時、追ってきた言葉の意味を知った。

机の上に置かれていた紙……一週間ほど前にも見た同じような紙に書かれていた内容は……。


建設部配属を命じる……という一言だった。


僕の気分は地の底まで落ち込んだが、会社を辞めるわけにはいかなかった。就職難とは別の意味で、普通よりもはるかに苦労して手に入れた就職口である。滅多なことで辞めるつもりはない。僕はどんよりとした暗い気持ちで、先日広報部から持ってきた少ない私物を片づけ、地下一階の備品部から地上二十五階の建設部へと移動した。それは他者にとっては上昇の階段だろうが、僕にとっては奈落《ならく》への階段だった。

どうして偶然にも建設部への異動なのかわからないが、どこかにあの男がいるかもしれない。建設部の備品室に現れたということは建設部の人間に違いないのだ。ただ、救いとして建設部は社内でもエリートの集まる大きな部署で、多くの課にわかれていることだった。僕があの男と同じ課に配属されるのは滅多にないはずだ。

一週間で異動という急な人事の理由は建設部サイドからの注文らしかった。期待のルーキーとして入ってきた山下が早々に壊れて退社してしまい、代わりの新人を捜したのだが、すでにどの課も新人を確保していて残っていなかった。そこに浮上したのが、あいにくにも僕なわけで。山下退社の原因と言われている僕を迎えるのに内部で協議が行われ、結論としてどういう事情があろうが、新人を育てておかないと後々の仕事に差し障りがあるからと、僕を建設部に迎える話になったのだという。

なんにしても僕には迷惑な話だった。せっかく手に入れたと思った楽園を失ってしまったのだから。

その上。落胆した僕を二十五階の地獄で待っていたのは。

「よろしくな。氷室啓伍《ひむろけいご》だ」

僕は目眩《めまい》のひどさに倒れてしまいそうになった。自己紹介をして白い歯を見せて笑っているのは、あの男。建設部は十三も課があるというのに、よりによって僕の直属の上司があの、備品室に現れた男だったのだ。

いったい、どういうわけが…。策略か陰謀でもあるのだろうか。そんな裏を勘ぐってしまいたくなる。

備品室の男…氷室は三十三歳の独身で、その若さにして課長だった。社内外にバリバリのやり手として名を馳《は》せているらしい。自信に溢れた態度といい、傲岸不遜《ごうがんふそん》な様子といい、僕が一番嫌いなタイプの人間だ。

「香原光一《こういち》です。よろしくお願いします」

僕はひきつる顔を押さえて、そう言って頭を下げた。そう言うしかない。たとえ、相手に身の危険を感じ取っていても、僕は会社を辞めたくはないのだから。

「氷室課長って素敵でしょ？　独身だから皆狙《ねら》ってるんだけど、素敵すぎてね。でも香原くんももてそうだよね」

事務を教えてくれることになった、先輩ＯＬの菱沼《ひしぬま》さんは、ニコニコ笑ってそう言う。

やはり、氷室はその外見から圧倒的人気を女子社員の間で誇っているらしい。僕にかけてきた言葉といい、雰囲気といい、ホモかもしれないと思っていたが、節操なしといったところか。素敵でしょ？　と言われても僕は決して納得できない。

十三課にわかれている建設部で、氷室の統括する課は三課。十五名ほどで、うち女性が五名ほど。若い課長より年上の人物もいるが、氷室の能力はズバ抜けているらしく、彼を頭にうまくまとまっている。課の成績も部内一を誇っていた。

僕はとにかく目立たずに地味にそっと過ごしたかった。広報部にいた時も経歴や外見でどうしても目立ってしまって困っていた。加えて、山下の一件がどこよりも浸透している（山下本人を知っているのだから）建設部では、完全に浮いているのでもっと静かに過ごさなくてはいけない。とにかく万事につけて控えめに過ごしていた。

そんな僕の殊勝な態度や、菱沼さんたち先輩ＯＬ方に山下の一件は僕の方が被害者なのだとそれとなくうち明けたのが幸いしたのか、一週間もするとなんとか課内に馴染むことができた。備品部と違い、暇など少しもなく、毎日忙しく過ごさなくてはいけなかったが、広報部で慣れていたのでしばらくすれば気にもならなくなった。

氷室は備品室での一件以来、僕に個人的に何かを言ってきたり、仕掛けてきたりはしなかった。僕が油断大敵という言葉を肝に銘じて彼を避けまくっていたのも、効をなしていたのだろう。

建設部に異動して、何事もなく二週間ほどが過ぎたある日。まだ営業に出してもらえていない僕は、菱沼さんについてコンピューター上の処理について学んでいた。夕方、営業に出ていた男たちが次々と戻ってきて、確認や注文の電話ラッシュが始まる。それが一段落した七時頃。三年上の木村《きむら》という先輩が出先から戻ってきた氷室に尋ねた。

「課長。香原の歓迎会どうします？　週末にどっか予約しますか？」

備品部とは違い、純粋に忙しいという理由で建設部での僕の歓迎会は開かれていなかった。しかし、それはそれで好都合なので内心ほっとしていたのだ。僕は自分の話をされているのに緊張して、氷室がどう答えるかを待った。

「ああ、それだが、週末に葉山《はやま》の保養所を押さえた。一泊で。木村、車とかの手配頼む。それと行けない奴チェックしといてくれ」

氷室の言葉に課内をどよめきが走る。僕の心にもどよめきが走った。課のどよめきはおもに嬉しさのものだが、僕は違う。一泊で歓迎会？　そんな話、聞いたコトもない。僕は単なる新人で課長クラスではないのに。

いやな予感が背中を走る。氷室の心づもりは…。

「やった。葉山の保養所なんてヒラじゃ絶対取れないですよ。さすが課長」

「嬉しいっ。ここのところ忙しくて旅行どころじゃなかったのに」

「香原くん、よかったねえ。やっぱ、課長に期待されてんだよ」

菱沼さんが横から微笑みながら言ってくれるが、僕は素直に頷けなかった。無表情のまま、パソコンの画面を見つめて固まってると、氷室が書類を持って近づいてくる。横まで来て僕を見下ろすと、ニヤリと笑って言う。

「なんだ？　香原は不満か？」

「いえ…とんでもない」

としか、言えない。この喜びムードの中だ。不満とでも言えば、せっかくよくなってる心証を損ねかねない。僕は必死で頭を回転させて、なんとか言い逃れの理由を作る。

「ただ、僕なんかのために皆さんにスケジュール開けていただくのは申し訳ないですから、どこかで食事だけとか…」

にっこり笑って、できるだけいやみに聞こえないように言った。だが、氷室は一枚上手で。

「遠慮深い奴だなあ。聞いたか？」

氷室の大袈裟《げさ》なジェスチャーに、残っている課内の全員が親しげな視線をよこす。くそう…と思っても、笑い顔を崩すわけにはいかない。

「何言ってんだよ。いいんだって。一泊の方が親しくなれるし、俺たちも遊びのつもりで行くんだからさ」

「そうよ。香原くんも楽しめばいいんだよ」

「課長忙しい人だからさ。こんなチャンス滅多にないよ」

滅多にないのに、なぜ僕みたいな新人一人のためにやるのか。その行動に隠された真意が予想できるだけに、とても喜べない。ひきつりながらの笑いを皆に返していると、上からの視線を感じた。見上げれば、氷室が笑みを浮かべて僕を見ていた。

その笑いに、僕は胃が痛くて泣きたくなる。断りきれないまま、その週末はすぐにやってきた。

訪れて欲しくない時間ほど、早くやってくる。土曜日の朝。僕は暗い気分で一泊旅行のための荷物を詰めていた。

「腹でも痛くなりたい…」

下剤でも飲むか…と、消極的なことを考えてると、もう出なくてはいけない時間になった。課内の人間で車を出し合って行く算段になっていて、皆との待ち合わせは会社のロビイに十二時だった。会社まで電車で小一時間はかかるので、腕時計をつけ、電気を消そうとダイニングの椅子から立ち上がる。その時、玄関のチャイムが鳴った。

この家を訪れる人間はいない。何かの勧誘だろうか。すぐに出かけなくてはいけないから、鬱陶しいが顔を出して断ろうと、何げなく開けたドアの先に…。

「おはよう。香原くん」

にっこりと微笑んだ氷室が立っていた。朝から最悪なものを見てしまったという気分で血の気が引いていく。僕は迷わずドアをガチャンと閉めた。だが、鍵を閉めるより早く、氷室にすごい力でドアを引き戻される。氷室は僕よりはるかに力強い。あっという間に無理やりドアを開けられてしまった。

「いい度胸だな。上司を目の前で締め出すとは」

「すみませんが、急ぎますんで」

「行くところは同じだろう。君は俺と一泊旅行ってわけだ」

「課長とじゃありません。課の皆とです」

玄関先できっぱりと言いきったが、氷室は気にもせずに、勝手に靴を脱いで部屋に上がってしまった。この強引さは僕の嫌いな相手の共通点ともいえる。僕は暗い気分になって溜め息をついた。

氷室は部屋の中を一通り見て回った。といっても、キッチンのある四畳半のスペースと、六畳の部屋だけだ。きちんと片づけてある室内には、物はほとんど存在しない。出かけるために閉じたカーテンからちらりと外を覗《のぞ》くと、氷室は呟くように言った。

「しけたアパートだな。うちの会社はもっと給料がいいはずだが」

「別にここで十分ですから」

「実家は会社を経営してるらしいが、跡取り様にしちゃ質素すぎる。それに…」

じっと見てくる氷室の視線に顔を上げた。彼の言いたいことはわかっていた。実家のことを知っているらしい彼は僕の履歴書を見た様子だったが、履歴書や会社の名簿に登録してある住所では、ここには辿り着けないはずだった。

「なんで嘘が書いてある？」

氷室も山下と同じように僕の後を尾けたのだろうか。僕は毎日後ろを振り返りながら家に帰らなくてはいけないようだ。

「課長には関係ありません」

「関係ない？　そうか？　俺がしゃべったら問題になると思うがな。偽証になるんじゃないのか？」

「偽証には当てはまりません」

僕の抱えている理由を氷室などに一言だって漏らすつもりはなかった。彼がいかに脅してこようが、自分が不利になることを自ら言う必要はない。僕は時計を見て氷室に言った。

「時間がないので早く出ていってくれませんか？　十二時に社で皆と待ち合わせしてるんです」

「ああ、それなら大丈夫だ。俺が君を乗せていくと言ってある。下に車がある」

勝手な展開に目眩を覚える。どうしてこう強引な男が寄ってくるんだろう。僕は再び溜め息をつくと、疲れてキッチンの簡素な椅子に座った。どうにかしなくてはいけない…どうにか…。

と、思っていると、いつの間にか背後に回ってきた氷室が、首筋に触れた。撫《な》でる指は面白がるように、背中に伸びてくる。僕は呆《あき》れ気分で指を払うこともせず、前を見て言った。

「課長。はっきりと言っておきますが、僕は社内の人間と関係を持つ気はありません。こういうことをされるのは迷惑です」

「社内じゃなきゃいいわけか？」

「……。僕はホモではありません」

「にしては、慣れてるな」

「誤解が多いだけです」

「じゃ、山下が見たのは？」

備品室でも言われた言葉だ。振り返って氷室を見上げると、彼の顔は笑っている。氷室がどこまで知っているのか。山下に何を聞いたのか。眉を顰めていると、氷室の指先が顎に回り、持ち上げられた。

「課長。何を知って……」

氷室が知っているのはなんなのか。カマをかけているだけかもしれないので、慎重に聞き出さなくてはならないと、問いかけた時だった。ピピピ…という高い電子音が部屋に響き渡った。独特の音色は携帯電話のものだった。

「お前のじゃないのか？」

氷室が自分の携帯電話を取り出して言う。僕もそれが向こうの和室から聞こえてくるのはわかっていた。この部屋には電話は引いていないのだが、携帯電話だけは何かの時にとひとつだけ置いてある。しかし、その番号を知る者は誰もいない。間違い電話以外、かかってくるはずがないのだ。

「香原？　出なくていいのか？」

鳴り続ける電子音に氷室が不思議そうな顔をする。僕は緊張してるのを悟られないようにしながら、立ち上がり和室に行った。何もない部屋の隅、充電器に立てかけられたままの携帯電話が音とともに光を放っていた。

いやな予感がした。胸騒ぎに埋めつくされる。ただの間違い電話だ。そう自分に言い聞かせるのだが、心臓の鼓動は高鳴るばかりだ。

震えてしまいそうな手で銀色の電話を持った。小さな液晶の画面には「チャクシン」とだけ出ている。いったい、誰なのか？　しかし、誰もこの番号は知らないのだ。誰にも言ってないのだ。単なる間違いに違いない。

そう思い、僕は通話ボタンを押した。

「…はい？」

『光一か？』

「……」

掌《てのひら》にすっぽり収まってしまう軽いおもちゃのような機械から流れてきた声に、僕は目を見開いたまま硬直した。聞き間違えるはずもない声。手が震える。冷や汗が出て、背中を寒気が走った。

なぜ？　なぜ……。

言葉がひとつも出てこない僕に、はっきりとした音が再び聞こえる。

『今、成田《なりた》だ。迎えに来い』

成田？　今、成田と言ったのか？　言葉は出ない。出てきやしない。

あいつが日本にいる。

その事実に、僕は倒れてしまいそうになった。目眩がする。部屋がグルグルと回っているようだった。

僕は震える指先で、僕とあいつの空間を繋ぐ機械を止めた。電源を切って、思わず畳に投げ捨ててしまう。

どうして？　その単語だけが頭の中を回っていた。動悸《どうき》が収まらない。いったい、どうして？　震えの止まらない指先を噛んだ時、僕の隣まで来て不思議そうな顔で見下ろしている氷室に気がついた。僕は彼を見上げて、迷わずに言った。

「行きましょう」

「お前…顔が真っ青だぞ？」

氷室は不審そうな顔で僕を見る。自分でも貧血で倒れそうに感じていたので、実際そうなのだろう。だが、そんなことよりも、早くここから出たかった。

あいつの声を聞いてしまったこの場から…。

「気にしないでください。さ、早く」

いきなり態度を変え、急き立てる僕を訝しがりながらも、氷室は僕の荷物を持ってくれた。

立ちくらみのする身体《からだ》をなんとか支え、僕はアパートの玄関の鍵をかけると、氷室の後に続いて、アパートを後にした。

握りしめた掌には汗が滲んでいた。携帯電話から流れてきた声が耳から離れない。まるで、たちの悪い悪霊のようなそれは、突然の復活を告げてきたのだ。どうしたらいいのか。僕は完全にパニックを起こしていた。

なぜあいつがあの携帯電話の番号を知っているのか？　絶対に知り得ないはずだった。なぜならあの電話は僕が加入したものではないからだ。あれは知り合いに手に入れてきてもらったものだ。いったい誰の名義になっているのかさえ知らない。アパートだってそうだ。第三者の名義で借りている。しかも、あいつは知らないはずの相手なのだ。

やはり、大手企業などに就職したのが間違いだったのか。いや、東京に残っていたのが間違いだったのか。もうあいつは僕の勤め先や中野の住所まで突き止めているのだろうか。

それよりも、なぜ、あいつが日本にいるのか…。

氷室の運転するコンバーチブルベンツの助手席に身体を埋めて黙りこくったままの僕を、運転席の氷室がおかしく思っているのはわかっていたが、フォローもできずに黙ったまま座っていた。窓からの風に当たって梅雨《つゆ》の晴れ間の空を見ながら、このままどこかへ行ってしまいたいと、口唇を嚙みしめながら思っていた。


会社の保養所があるという葉山に着いたのは二時を過ぎた頃だった。保養所と聞いて、簡素なビルみたいな建物を想像していたのだが、意外にも和風旅館風の建物が海沿いにひっそりと建っていた。聞けば、上役クラスが特別な接待などで使う場所らしい。先輩の木村が、一般の社員では取れないと言っていた意味がわかった。

車が東京を出る頃には、僕の気分はなんとか動揺を隠せるほどに落ち着いていた。暗い気分に変わりはないが、今さらどうしようもないことだった。知られてしまったからには、なんとかして逃げるしかない。とりあえず、この旅行を終えてから対処策を考えようと、気持ちを切り替えた。同時に、我に返って、隣でハンドルを握る氷室の姿に気分が暗くなったのも事実だが。

到着した時には、課のメンバーは全員揃《そろ》っていた。欠席者は海外出張をしている二人のみで、やっぱり課の皆の氷室への信頼は厚いようだった。その結束の堅さは僕にとってはうとましさでしかないが。

「ねえねえ香原くん、氷室課長の車に乗ってきたんでしょ？」

「いいなあ。ベンツだもんね。私も課長の家の近くだったらな」

菱沼さんや、他の女の先輩に言われて苦笑いを返すしかなかった。僕にはベンツなどめずらしくもなかった。実家が金持ちだったからではない。僕につきまとう男のすべてが金持ちで、揃えたようにあの手の車に乗っていたからだ。それに氷室と同じ車に乗るなど、本当は冗談じゃなかったのだ（パニックして乗ってしまったが、代われるものなら代わってやりたい）。

僕は男女の集まりの場合、それとなく女の人の集まりに加わるようにしていた。僕は顔が顔だけに、ユニセックスな印象があるので、それで女に取り入るヤツという話は流れない。僕にとっては、男の間にいるよりも安全なのだ。

その時も、ロビーで男性陣が明日の予定やら部屋割りなどを話している時に、それに気づかずに、先輩ＯＬが座ってお茶を飲んでいる中に混ぜてもらっていた。何げない世間話に加わって話していた僕は肝心なことを忘れていたのだ。

団体旅行にはつきものの、部屋割りである。

「部屋割り決めたよ。二人ずつだから。女の子は五人だから、大きめの部屋の方に三人でお願いいな」

すっかり幹事になっている木村から渡された部屋割り表に、僕は愕然となった。

氷室と同室なのだ。

「き…むらさん。僕、課長と同じ…」

「ああ。課長の希望でさ。香原と今後のことについて話したいって。期待されてるな、お前」

ははは…と笑う木村に他意はまったくなく、素直に氷室の言い分を信じて従っているだけなのだ。だが、困る。氷室と同室なんて絶対にいやだ。僕はなんとかしようと、言い訳を考えて木村に縋るように言った。

「でも、僕は新人なので、課長と同じ部屋なんて…その…緊張するっていうか。申し訳ないんですけど…」

「香原。遠慮するな」

どうにかして木村を丸め込もうと話してると、背後から氷室の声。思わず振り返って上目遣いで見た彼は平然として僕に聞いた。

「お前、明日、ゴルフやるか？」

「え…？」

突然の切り返しに、唖然《あぜん》として答えられなかった僕に木村が説明してくれた予定は、今日はこのまま風呂に入って宴会で、明日は朝からコースを回るというものだった。保養所のすぐ隣にゴルフコースがあるらしかった。ゴルフをしない者は観光に行くという。

ゴルフか…と思い、俯いていると、木村が新人の僕を安心させようと笑って言う。

「大丈夫だよ。氷室課長、プロ並なんだぜ。教えてもらえば」

僕が初心者だと思って言ってくれているのだ。ありがたいが、氷室に教えてもらうのなんか絶対にごめんだ。それにどうせ氷室の策略で一緒のパーティに入れられて、いやな思いをするに決まっている。

「手取り足取りな」

追い打ちをかけるような氷室の笑いに、僕はゴルフをしたことがないので迷惑をかけるからという理由をつけて断ろうとした。きっと、菱沼さんたちは観光に行くだろうし、女性グループに混ぜてもらった方がどれほど楽しく安心か。

だが、氷室の強引さには勝てず、そのままゴルフ組に入れられてしまう。そうこうしてるうちに、部屋割りについての文句も聞き入れてもらえず。

「さ、俺たちの部屋に行くか」

肩に置かれた手を根性焼きしてやりたい気分で、僕は荷物を持った。


氷室と僕の部屋は、氷室の策略の一部だろう、皆とは別の離れにあった。本館から渡り廊下を渡っていく数寄屋《すきや》造りの離れは、それ全体がひとつの部屋になっている。その広さは、ここで全員が十分泊まれるのに…と、思うほどだった。

部屋は二間続きの広い座敷と、奥にもう一間あり、すべて和室だった。その上、広い檜《ひのき》の内風呂と露天風呂までついている。氷室より先に部屋に入り、間取りや内部を点検していると、背後から笑いの混じった声がかかる。

「本館の大浴場は広くて眺めもいいぞ。行くか？」

誰が氷室などと一緒に風呂に入るものか。僕は無視して、一番奥の部屋に自分の荷物を置いた。襖《ふすま》などを確かめるが、和風旅館の悲しさか。やはり鍵のかけようがない。溜め息を隠して、後をついてきた氷室を振り返る。

「課長。僕はこちらの部屋で寝ますから、課長はどうぞそちらの部屋で。絶対に、入ってこないでくださいね」

僕は氷室に向かってきっぱりと断言した。真剣な僕とは違い、氷室は僕の言葉を聞いているのかいないのか。笑いを漏らしたまま、鼻歌でも歌いそうな上機嫌で内風呂を覗きにいく。

「ここの風呂もいいな。ここで入るか？　二人で」

「一人でどうぞ」

内風呂から聞こえてきた声に、今度は溜め息を隠さずについて、僕は言い捨てた。氷室なんかにつき合ってられないと、離れから本館へ行くために出口の襖を開けようとした。

「どこに行く？」

僕が襖に手をかけるより早く、氷室は横に来て腕を掴んだ。背が高い分リーチが長い。百七十センチほどしかない、普通サイズの僕などすぐに捕まえてしまえる。

「菱沼さんたちの部屋です」

「彼女たちも大浴場に行ってるぞ。いくらお前だって女風呂には入れまい」

「部屋で待ってますから」

僕はできるだけ、菱沼さんや他の女の人たちと一緒にいる算段だった。さすがに女の人が一緒のところでは、氷室も手出しできないだろうから。だが、そんなのは簡単に読まれていて。

「女の子たちといれば、俺から逃げられるって？」

「……。とにかく離してください」

振り払おうとした手をいきなり捩《ねじ》られた。そのまま壁際へと押しつけられて、身動きができなくなる。高校まではテニスをやっていたのだが、大学に入ってからはやめてしまい、わずかばかりの筋肉も落ちてしまった。体格差から言えば、氷室が僕を組み伏せることなど簡単至極なことだろう。

「皆がいる大浴場に行くか、俺と一緒にここの風呂に入るか。どっちか選べ」

「なんで僕があなたの言うことを聞かなきゃいけないんです？」

「俺は上司で、お前は部下だ」

「今日は公休日です」

「関係あるか。そんなもの」

氷室はどうしても諦めないらしい。強引でしつこい。僕には溜め息しか出ない。押しつけられた態勢から、なんとか捻《ひね》って氷室を見ると、僕は聞いた。

「…山下に…何を聞いたんです？」

僕の諦めたような声音に、氷室は僕をしばらく見つめてから、腕を解放してくれた。手前の部屋に置かれている漆《うるし》塗りの座卓の上に座ると、ポロシャツの胸ポケットから煙草を取り出し火をつける。壁際に立ったまま氷室の出方を待っている僕を一瞥《いちべつ》すると、灰皿を引き寄せて煙草の灰を落とした。

「お前、何者なんだ？」

一言、聞かれた言葉に、少しも顔を動かさずに氷室を見つめ返した。

「…どういう意味ですか？」

「質問の意味はお前が一番よくわかってるはずだ」

「わかりません」

氷室が山下にどこまで聞いたのか。それがわからない以上、僕からは何も言うつもりはなかった。氷室はそんな僕に口唇の端を上げて皮肉じみた笑みを見せる。

「その綺麗な顔でそんなふうに冷たくあしらわれたんじゃ、山下みたいな坊ちゃんはそりゃトチ狂うよ」

「僕は被害者ですよ」

「課の連中はお前の被害者面に騙《だま》されてるみたいだがな。俺にはそうは思えん」

そんなことを言われても実際に僕は被害者なのだ。僕は山下に何もしていない。すべては彼自身の問題で、それを僕に言われるのは筋違いだと僕は思っている。

何も言わない僕に、氷室は煙草を一息吸い込んで、目を眇《すが》めた。

「単なる新人にしちゃ、謎《なぞ》が多すぎる。なんで会社に嘘の住所と電話番号を届けてある？お前が書いてる住所、行ってみたがまったく別人が住んでいた。電話は繋がらない。実家の住所と電話もだ。父親が会社を経営してるのは本当みたいだがな。香原製作所？　地元ではけっこうな大きさの会社らしいじゃないか」

氷室はいったい、どこまで僕について調べたのだろう。そこまでする必要があるのか。僕はここまでする人間が会社内に現れるとは予想していなかったので、内心で戸惑いを覚えていた。

「それになんであんな中野のボロアパートに住んでる？　うちの人間であんなアパートに住んでるなんてお前くらいだぞ」

「…個人の自由です」

「まるで誰かに追われてるみたいじゃないか」

何げなく発せられた氷室の言葉に、心臓が掴まれるような思いがした。鉄壁のポーカーフェイスで表には決して出さなかったが、僕は動揺を深めていく。

「副社長の息子とはどういう関係だ？」

次に氷室が尋ねてきた質問に、僕は思わず目を泳がせてしまう。どうして？　氷室がなぜそのことを知ってるのか。僕は氷室に対する警戒心を強くして、慎重に口を開いた。

「…大学の同級生です」

「同級生ね。確かに同じ学部らしいが。…お前が内定を決めたのは昨年の年末。そんな時に内定が取れるなんて異例中の異例だ。うちの男子内定は三年の時点で出すんだ。優秀な人間しか取らないからな。お前だって優秀だよ。東大法学部首席。どうして上級公務員を受けずにうちに来たんだ？」

「…民間の方がやりがいがあると思ったからです」

「面接のテキストかよ？　笑わせるな。お前が仕事にやりがいを見いだすタイプか？」

失礼な…と思ったが、事実に近い面もあるので黙っておいた。しかし、課長クラスでここまで事情を知っているのはなぜなのか。人事に知り合いでもいるんだろうか。

「でも、お前がいくら優秀でも副社長の後押しがなければ入社は無理だったよな。山下と同じようにあの息子をたぶらかしたのか？」

「失礼ですね。そんな真似《まね》はしません」

憮然《ぶぜん》として言い返す僕に氷室が笑う。僕は氷室にもなんらかの秘密があるのだと確信した。

氷室が話すのは全部事実だけれど、それを一介の課長が知り得るとはとても思えない。

僕がそんな時期外れに内定をもらうことができたのは、氷室の言うように副社長の息子に頼んだからだ。でも別にたぶらかしたわけじゃない。彼は一年の頃からずっと僕に好意を寄せていたのだが、行動に移す度胸もなく、ずっと僕を見てるだけだった。そういう人間は他《ほか》にもいくらでもいて、僕はすべてを無視していたのだが、彼が大手商社の副社長の一人息子であり、無害で純粋な人間であるのを考慮して、少し利用させてもらっただけなのだ。

「副社長の息子とも寝たのか？」

「…いい加減にしてください。僕はホモじゃないと言ってるでしょう」

「信じられないね。普通の男にはないだろう？　あんなモノは…」

氷室の台詞に彼を見ると、顔に嗤《わら》いを張りつかせて僕を見ている。それを見て、氷室が山下からすべて聞いてるのだと悟った。会社内の人間に知られるのは一番マズイと思っていたこと。今さらながらに研修を休めばよかったと思ったが、後悔しても始まらない。とにかくしらを切り通そうと決めた。氷室は山下に聞いただけで実際には見てないのだ。見られなければなんとかなる…。

「なんのことですか？」

「山下な。あれでも女遊びじゃ有名な男だったんだぜ？　俺はあいつと同じ大学なんだよ。内定前から可愛がっててな。建設部に引っ張ったのも俺だ。なかなかの大型新人として期待されてたしな。それが、研修を終えて入社してきたら以前のヤツとは全然違っていた。俺は誰にも理由を話さないヤツに酒を飲ませて聞き出したんだ。そしたら笑うぜ？　男に惚《ほ》れたって言うんだ」

もちろん、相手は僕だろう。何も言う気もなくて、そのまま黙って続きを聞く。

「結局純な男だったんだろうな。どうしたらいいのかわからないって。そのまま思いつめてあの騒ぎを起こしたわけだが。あいつがな。忘れられないって言うんだ。まあ、今時めずらしくもないんだろうが、忘れられないような……ってのは、どんなだろうってな…」

氷室の視線が這《は》うように襲ってくる。僕は目を伏せて冷静な口調で言った。

「山下くんには悪いけど、彼は精神的に参ってて錯乱してたんでしょう。課長もそんなのを真に受けるなんて…」

「じゃ、皆がいる大浴場に行くか？　一緒に入れるよな。風呂くらい」

僕が決して頷けないとわかってて言う氷室の顔は、いやみなほどに笑っている。僕は言葉ではどうにもできないと悟り、そういう時に取るべき一番の態度に出た。

逃げるのである。

壁際に足をずらし、横目で出口の襖を見た。氷室との距離を測って、いけると判断して一気に走る。だが、氷室は俊敏に動いて、僕が開きかけた襖の間に立ち塞《ふさ》がる。それでも逃げようと身体を割り込ませる僕の手首を、氷室がきつく摑んで持ち上げた。

「は…なしてください……」

そのまま僕を簡単に引きずって、氷室はさっき座っていた座卓に僕を抱え込んで再び座った。氷室の膝《ひざ》の上に抱え込まれてしまい、抵抗しても、強い力に身動きが取れない。背後で氷室がクスリと笑う。

「ここだよ。ここにある…」

耳元に熱い息と言葉が吹き込まれる。氷室の伸びた指先が、右足の腿《もも》のつけ根あたりを撫でた。

「…あ……っ……」

綿パンの上からそっと撫でられただけなのに、身体がジンと痺《しび》れた。思わず漏れてしまった声に、僕はカアッと顔が熱くなるのを感じた。

自分の一番弱いところ。それをわかってて、つけられた印。

「この程度で感じるのか?」

「んっ……はな…して……」

ゆっくりと動く指がたまらない。氷室が触れている場所から熱いモノがじわじわと身体中に広がるようで、僕は焦って氷室の腕を摑んだ。

「か…ちょう……こういうのってセクハラって言うんじゃ…」

「公休日だろ？」

さっきは関係ないと言ったのに勝手なオヤジだ。とにかく逃れようと身体を動かすのだが、氷室は見た目通り、けっこう手慣れていて、身体を弄《いじ》る指先に衣服をどんどん脱がされていく。

このまま犯《や》られるのはマズイ。氷室と二人だけならともかく、課の人間全員がいて、この後は宴会ときてる。さすがに僕も焦ってきた時、助けの声が耳に届いた。

「課長ー？」

「香原ぁ。風呂行かないか」

どやどやと人が入ってくる気配。さすがの氷室も、思わず手を緩めた。その隙《すき》をついて、僕は彼の手からすり抜けると、一番奥の部屋に入り込み、襖をピシャリと閉めた。

と、同時に、入り口の襖が開く音が聞こえた。課の皆が風呂に誘いに来たのだ。

「課長。向こうの大浴場行きませんか？」

「けっこう大きいスよ。海見えるし。あれ…どうかしましたか？」

「……別に…」

氷室が不機嫌そうに言う。だが、邪気のない課の人間を怒って追い出す様子はなく、僕はほっとして、畳の上に座り込んだ。すると、僕の不在に気づいた誰かが声をあげた。

「あれ？　香原は？」

「…ああ。ちょっとな。ま、いい。風呂行くか」

ドキン…としたが、意外にも氷室は僕を誘わなかった。戸惑いながらも安堵して、そのまま息を潜めていると、氷室たちが部屋を出ていく気配がした。シン…となった部屋で、僕はようやく安心して、大きな溜め息をついて畳の上に寝そべった。

問題は…。

今晩をどう逃げ越すか。いや、これからか…。

一難去って、また一難。

歓迎宴会は本館の大広間で行われた。近くの料亭と契約しているという料理は豪勢なものだった。立派な舟盛りの刺し身にお膳《ぜん》。課のメンバーは酒豪揃いで、ビール、日本酒、ウィスキーと多種類のお酒が酌《く》み交わされている。

僕の隣に陣取った氷室は、酔いつぶそうと目論《もくろ》んだのか、盛んに酌をしていたが、僕があまり酒に弱くないのを知るとあっさりやめてしまった。僕は木村や他の人間が氷室に話かけている間に、何げないふりで席を移動して、菱沼さんたち女性陣が固まってるところに近づいていき、他愛のない話に加わった。そのまま僕は菱沼さんの隣に落ち着き、ずっと彼女たちと話をしていた。

宴会がお開きになったのは十二時過ぎ。明日のゴルフのことを考え、部屋に帰って寝る者が多かったが、僕は菱沼さんたちに誘われる形で、女性陣の部屋でウノをやることになった。

それは僕の企みによる差し向けだった。頭脳明晰《めいせき》な僕の頭で考え抜いた末、ウノをやりながらその部屋で寝てしまえ…という作戦を立てたのだ。菱沼さんたちは完全に僕に気を許しているし、僕を人畜無害だと思ってる（確かに僕は人畜無害だ）。その場で寝てしまっても、そのまま寝かせておいてくれるだろう。

氷室だって、まさかその場で犯すことはできはしまい。場当たりの考えではあったが、とにかく今晩を乗り切るのが大切だった。

「どこに行く？」

案の定、大広間を出ると声をかけられた。菱沼さんたちの後について歩いていた僕は、助けを求めるように菱沼さんを見た。

「香原くんとウノやろうと思って」

「私たちの部屋でやるんですよ。課長もやりますか？」

無邪気に言う女の子たちにわからない程度に、氷室は顔を顰める。僕の腹づもりはすぐに読めたらしい。僕は氷室を見ないようにして、目を合わせないようにしていた。

だが、氷室もさるもの…。

「じゃあ、俺が飲み物買ってきてやる。近くにコンビニあっただろう」

「そんな…課長、いいんですかあ？」

「いつも世話になってるからな。香原、お前、ついてこい」

いきなり指名され、氷室の顔を見上げた。端の上がった口唇。やられた…と思う。絶対、二人でコンビニなんて行くものか。

「あの…でも…」

「俺一人じゃ重いだろ？　夜道だし、女の子は危ない」

僕の方がよほど危ないじゃないか。到底イエスなんて言えない事態に、僕は俯いて黙っていたが、他意のない菱沼さんに「悪いね。よろしくね」と言われてしまい、どうしようもなくなった。何も気づかず、楽しげに話しながら部屋に戻っていく菱沼さんたちの後ろ姿を見ながら、僕は恨めしげに氷室の腕に捕まっていた。


浴衣に丹前…という姿で出た屋外は、六月の生温《ぬる》い空気にちょうどよかった。雨は降っておらず、明日の予報もまずまずだった。ゴルフには最適な曇りになるだろう。保養所の広い玄関を出て、立派に剪定《せんてい》された松が目立つ車寄せを抜けて通りに出ると、車通りもなく寂しげな道路の向こうにコンビニの看板が見えた。

溜め息をつきたいような気分で氷室の斜め後ろを歩いていた僕に、振り返らずに氷室が声をかけてくる。

「菱沼たちに取り入ってどうする？」

「女の人、好きですから」

正直な気持ちだった。女の人は優しくすれば、素直に返してくれる。特に菱沼さんは僕のタイプなのだ。背が低くて、白い肌で、ぽっちゃりとした容姿。目の大きな可愛らしい顔で、いつもニコニコと愛想よくしている。本当ならば、ああいうひとをお嫁さんにもらって、子供を産んでもらって育ててもらいたい（料理も上手なのだ。菱沼さんは）。僕にはとても叶《かな》わない夢だろうが…。僕の周囲には、いつもロクでもない奴しか…。

少し前を歩く氷室の張り出した肩を見ながら溜め息をついた。現実は、こんながっちりとした大きな男なんて。そうして眺めていたその肩幅の広さに、いやな相手を思い出して僕は思わず身体が震えるのを感じた。同じような体型の男をよく知っている。

少し歩みが遅れた僕を、氷室は振り返った。

「どうした？　すぐそこだぞ」

「…わかってます」

緑に光るファミリーマートの看板に照らし出された氷室は、昼間や電灯の下で見るよりもはっきりしなくて、余計に、昼間の電話を思い出させた。電話…。成田に着いたというのは本当なんだろうか。本当にあいつは帰国したんだろうか。

考えたくもないことを思い出してしまい、振り払うように頭を振って、氷室を見上げた。

「課長…何かスポーツでもやってましたか？」

「中高とバスケ。大学時代はアメフト。会社入ってからはゴルフ」

体格がいいはずだ。自分の周りにはこんなヤツばかりが集まる。人生に自信満々で挫折《ざせつ》なんて永遠に知らないようなヤツばかりが。

一気に疲れの出た身体を引きずって、コンビニの店内に入る。店内にはちらほらと人がいた。深夜のコンビニはどんな格好をしていても浮かない。浴衣姿の男二人がビールを買っているのも、違和感なくはまってしまう。

ビールやジュース、スナック菓子などを籠に入れ、レジに持っていく。無愛想な若い店員に金額を告げられ、氷室が懐から財布を取り出した時だった。

低い轟音《ごうおん》とともに駐車場に一台の赤い車が入ってくる。明るいコンビニの照明に照らされる車高の低い車。夜の照明ではっきりと車種までは判別できなかったが、高級そうな外車だということはわかった。

「すげえ…フェラーリ」

車オタクらしいレジの男が、思わず呟いた言葉でその赤い車がフェラーリだと知り、同時にいやな予感が背中を走る。まさか…とは思うが、滅多に見ない車種なのに、見覚えがあるようなその車。僕は固まって、目をこらしてその車を見つめた。エンジン音が止まると、車から派手な若い男と女が降りてくる。

その、男の顔を見た時。僕は無表情と普段からいわれる顔を、もっと固めてしまった。凍りついた身体。

どうして…。

「香原？　知り合いか？」

僕の異変に気づいたらしい氷室が、振り向いて聞いてくるが、答えることはできなかった。

固まったまま動けずに、車の横に立つ若い男を見つめてしまう。

背が高い。氷室よりも高いほどの長身。だが、氷室よりも逞《たくま》しさは少ない。それでもしっかりした身体つきで、真っ黒に灼けた肌が、マリンスポーツをやっていることを語っている。そのためか、潮焼けした茶色い髪が、日灼けした顔に似合っていた。そして、異様に派手な服装。六本木あたりのホストを思わせる姿は、純粋に本人の嗜好《しこう》だというのだから笑ってしまう。

連れている女も同じく、日灼けして髪が茶色い。派手なスリップドレスに包んだ身体は、細身だがしっかりと胸も腰もある。顔もいいし、服の趣味も悪い。あいつの趣味らしい女だった。

どう、考えても、あいつだった。

相手は自動ドアを開けて店内に入ってくる前に僕に気がついたようだった。じっと見つめていた僕の視線に気づき、驚いた表情になる。僕は眉を顰めて視線を外したが、ヤツは腕を組んでいた女を振り払って走ってくる。自動ドアの開くスピードが遅いというように、割り込ませた長身が目の前に来た時、僕は頭を抱えたい思いで思わず俯いた。

「なんでこんなトコにいるんだ、光一」

近くで見ると、なおさら、話しているのが恥ずかしくなるくらいの派手な男。ヴェルサーチ好きは治っていないらしい。

そんな外見で、親しげに名前を呼ぶ男を、氷室が訝しんで見ている。僕はなんだか遠い遠

いところに行きたくて。ガラスに映った自分の顔を見ていた。

「高校の時の先輩の…三崎《みさき》さんです」

コンビニの中では迷惑がかかると思い、三人で店を出ると、その前で僕は氷室が訝しんでいる相手を紹介した。赤いフェラーリの持ち主…三崎嵩史《たかし》は、にっこり笑って氷室に握手を求めた。

「三崎嵩史です。光一がお世話になってるようで」

「香原くんの上司の氷室です。よろしく」

三崎は一緒に乗ってきた女を電光石火で追っ払った。いつものことだが気の毒に思う。三崎が僕に偶然会って、連れている女を捨てるのは今日が初めてじゃないのだ。三崎はその外見だけでも、掃いて捨てるほど女が集まってくる。その上に超がつくほどの金持ちの息子だ。そんな三崎には本命はいつもいなくて、女には氷より冷たい。

三崎と氷室はニコニコと笑い合って自己紹介をしながら、火花を散らしている。頭上十センチのところで散る火花に、鬱陶しい思いが増殖した。

三崎のなぜこんなところにいるんだという問いに、僕は仕方なく会社の保養所に来てると答えた。浴衣に丹前という状況では、他に答えようがなかったのだ。三崎は別荘に遊びに来たらしかった。すっかり忘れていたが、この先に彼の実家の別荘があったはずだ。確か、一度連れてこられたことがある。

僕は、結局、三崎に自分が就職したのと会社名も告げなくてはならなくなった。実家の家族にさえ、話していない事実を。

三崎にはもうずっと会っておらず、もちろん、彼は僕が就職したことを知らなかった。僕の事情をよく知っている彼はそのことにひどく驚いた。

が、二人きりではなく、氷室もいる状況に彼はそれ以上は何も聞かなかった。三崎の頭の回転は速い。氷室が訝しむ顔をしたのを見て、彼が事情を何も知らないのに気づいたらしい。そして、氷室がどういうつもりで僕といるのかは、一目見た時からわかりすぎるほどわかっていたはずで。相手の利益になるようなカードをタダで見せるような愚鈍さを三崎は見せはしない。

氷室は様子を探るように僕を見ていたが、余計なことを知られたくなかったので、僕は目を合わせないよう、そっぽを向いていた。

三崎は黙っている僕を横目で見ながら、氷室と空々しい会話を続ける。

「M物産の保養所かあ。立派なんでしょうね。俺なんかそういう大会社には縁がないから、一度行ってみたいですね」

確かに三崎は、今までもこれからも会社には縁がないだろう。なぜなら、彼の実家は日本の民間病院では一、二を誇る大病院で、現在、彼は慶応の医学部に在籍しているからだ。

「じゃ、これから見ますか。すぐですし」

「いいんですか。光栄です。じゃ…俺の車で。て、言っても三人は乗れないから…」

「先に行っててください。この道まっすぐですからすぐわかります。私は香原くんとすぐ行きますから」

にっこり笑った氷室に、三崎もにっこり笑い返す。バカらしい会話に加わる気にもならなかったが、三崎がついてくるのは困ると思い、口を出そうとした。だが、こんな強引男二人に僕が敵《かな》うわけもなく、話もさせてもらえない。三崎はコンビニで買った荷物を氷室から預かると、フェラーリを操って先に保養所へと向かった。

三崎が見たくもない保養所の件を持ち出してまでついてくると言ったのは、僕を捕まえて聞きたいことが山ほどあるからだろう。彼には会いたくなかった。だから、今まで彼の行動範囲には決して近づかなかったのに。

どうしてこうなるのか。氷室だけでも頭が痛いのに、三崎まで現れるとは。神のいたずらに泣きたくなった。悪魔の巣窟《そうくつ》になってしまった保養所に戻りたいわけがない。足取りは重かった。

「あれか？　お前の『足』の相手は」

三崎が見えなくなった途端、氷室の顔からは笑顔が消え、厳しいものに変わる。

「…違います…」

「でも、あいつと寝てるんだろう。所有欲アリアリだ」

僕は答えなかった。何も答えようがない。

三崎嵩史は、僕が初めて犯された相手だった。

中学から私立の男子校に通い始めた僕は、外見が災いして、すぐに性対象として周囲から見られるようになった。性欲盛んな年頃の少年の中、女の子のいない校内では僕は格好の標的だったのだ。僕自身もそういう対象になっているのをよくわかっていたので、どんな人間とも親しくならないようにして周囲に壁を作って防御していた。教師にも襲われたことがある。それでも、なんとか最後の一線だけは守って高等部に進学した。

だが。

忘れもしない高等部の入学式当日。二年上で生徒会長をしていた三崎に拉致され、彼のマンションで犯された。その時撮られたビデオを元に、関係を強要された。

三崎は学校では完璧な生徒で、ルックス、頭の良さ、家柄、財産、どれを取っても開校以来と言われる優等生だった。私立で中高とストレートだったため、僕も有名な先輩として中等部の頃から見知ってはいた。

「高校に入ってきたら犯ろうと思ってたんだ」

犯してから平然と言ってのけた彼に、僕は何も言うことはできなかった。そのうち、僕は脅迫されたり乱暴されたりするよりは、身体を許している方が楽だと考えるようになった。決してホモではなく、自分から男と関係を持ちたいなどと思ったことは一度もない。けれど、面倒に巻き込まれるくらいならば、抱かれていた方がよかったのである。そして、三崎との関係は彼が卒業して上京するまで続いた。

僕が大学に入り上京してからは、避けていたせいもあって、それほど会わなかったのだが、会うたびに犯られていた。あいつが現れるまでは、ズルズルとした関係が続いていた。僕があいつと関係を持つようになってからは、あいつの監視が厳しくて、三崎とは寝ていない。

氷室と三崎をどうしたものかと、考えながら歩いた帰り道は早かった。保養所の駐車場には赤いフェラーリが停《と》まっており、それにもたれかかるように三崎が立っていた。

「お待たせしました」

「いえいえ」

にっこり笑い合う二人は白々しすぎて溜め息も出ない。買ってきた飲み物を菱沼さんたちに渡してくるから、部屋に行ってろという氷室の言葉に、不承不承、三崎を連れて離れに向かった。

本館の階段を上っていく氷室とは反対方向に長い廊下を歩いていた。誰もいないところに三崎と二人でいるのがいやで、誰か出てこないか…と思っていたが、皆寝てしまったのか、人の気配はまったくない。あまり三崎の前を歩きたくないな…と、足取りをゆっくりさせた時だった。

突然、三崎が腕を摑んで、廊下の脇の襖を開け、そこに僕をほうり込む。三崎は襖を閉めると摑む力を強め、部屋の奥へと僕を引きずる。三崎の強い力に引っ張られ、抵抗もできないままに壁に押しつけられた。

「光一。久しぶりだな。犯らせろよ」

いきなりな言葉に、僕は目眩がする。昔から直接的な男だけど…。

「ちょ…離せよ…。僕は……」

乱暴に抱きしめられ、首筋を熱い口唇が這い回る。抵抗しようとする両手をまとめて持ち上げ、壁に押しつけて抵抗を封じる。僕は動けないままに、三崎のきつい口づけを受けるしかなかった。

三崎の行動は相変わらず、考えられないほど強引だ。冗談じゃない。こうなるのがわかっていたからコンビニで消えてなくなりたかった。

「んっ……んんっ……」

喉《のど》の奥で抵抗の声をあげても、絡む舌の強さが身体の芯《しん》に刺激を与える。息苦しさと、湧いてくる熱さに、自然と溢れる涙が頬を伝った。三崎はそれに気づくと舌で水滴を舐《な》め取る。解放された口で息を継ぐと、三崎が顔を寄せて聞いてきた。

「お前…いったい、今どこにいるんだ？　就職だって？　よくあいつが許したな。それとも知らないのか？」

「関係ないだろ…」

「関係あるね。お前があれと切れたなら好都合だもん。あいつ、日本出てったって聞いてさ、すぐに麻布《あざぶ》に行ったんだぜ？　だけど、お前いなくて。光一、犯りたかったぜ」

ぐっと前を握られる。着ているものがマズすぎる。浴衣など這い回る掌に容易《たやす》く乱されてしまう。浴衣の下は下着一枚だった。薄い布越しに走った刺激に、僕は眉根を寄せた。

「やめろ…って。会社の課の同僚と来てるんだ。困る…」

「何が会社の同僚だよ？　あのオッサンともう犯ったのか？　どーう見たって、普通の上司じゃねえ」

「ただの上司だよ…嵩史っ…いやだって…」

三崎の掌は慣れた動作で追い上げてくる。仕方ないことだが、僕は三崎の抱き方に慣れきっている。マズイと思った。部屋に氷室が向かっているし、いない自分たちを捜しに来られても困る。もっと困るのは、もしも誰かがここに間違って入ってきたら…。

「んっ……嵩史…やめ…て…」

「なんだ…？　これ…」

真剣に三崎を止めようと、彼の肩を摑んだ時、彼の視線が下に注がれているのが見えた。はだけた浴衣から伸びる白い足に。

咄嗟《とっさ》に、僕は三崎を突き飛ばし浴衣の前を合わせて、それを隠した。だが、すでに、三崎ははっきりとそれを見てしまっていた。彼の顔つきが真剣なものに変わっている。僕は状況のマズさに目眩がしそうだった。

「光一。なんだ？　それは」

「別に…なんでもない」

三崎が僕の身体に触れるのは久しぶりだった。彼が以前に僕を抱いたのは、あいつとつき合う以前で、もちろんその時には、それはなかったから。

「なんでもないことないだろ？　そりゃ…」

言いかけて、思いついたように名前を口にする。

「…あいつか…遠峰《とおみね》か……」

久しぶりに聞く名前。封印された呪《のろ》いの言葉が甦ってくる。僕は耳を塞ぎたい気分だった。

その時、部屋の襖が勢いよく開かれる。

「香原。ここじゃないだろ？　案内する部屋は」

現れたのは氷室だった。煙草を咥えて口の端で笑っていたが、目は笑っていなかった。突き飛ばした三崎と距離が開いていたとはいえ、僕の浴衣はぐちゃぐちゃになっている。どういう状況なのか、バレバレだとはわかっていても、バツの悪い思いだった。

せめて氷室以外の人間でなくてよかったと、自分を慰めたが、慰めにもならないのは事実だった。


三人で離れに戻り、氷室が手に入れてきた冷酒とつまみで、三時過ぎまで飲んだ。明日のゴルフの話をすると、三崎はぜひ自分もと言って参加を強要した。氷室は大人の余裕か、それを受け入れ、他の誰の了解もないまま部外者の三崎の参加が決まった。

そして、僕にとっては息づまるような酒宴が終わり、三人で布団を敷いて寝た。三部屋あるというのに、一部屋に三組の布団を並べて敷いて寝たのだ。決して仲がいいわけではない。

氷室と三崎が互いに牽制《けんせい》し合ってのことだった。

当然、僕が熟睡できなかったのは言うまでもない。

三崎がここに残った理由はわかっていた。帰りに送っていくとか言って、僕の現在の住所を突き止める気なのだ。だが、会社がバレてしまった以上、住所なんて簡単にバレてしまうだろう。それよりも、遠からず足の件を問いつめられるのを考えると鬱陶しかった。三崎は見なかったことにはしてくれないだろう。彼には、もう、見当はついてるだろうし。

三崎が呟いた名前を思い、昼間の電話を思い出しながら、うつらうつら見た夢は、恐ろしい悪夢で。僕はかなりの体力を消耗して朝を迎えたのだった。

まるで僕の今の気分を現したかのような曇天。九時スタートのため、七時半には全員が揃って大広間で朝食を取っていた。その場で、氷室が三崎を皆に紹介した。そのルックスと育ちのよさからか、三崎はあっという間に氷室のようなカリスマを持って受け入れられていた。

朝、別荘に行って取ってきたというゴルフウェアに身を包んだ三崎は、とても学生には見えない（まるでジャンボのような趣味の悪さの滲み出た派手さ加減だけではなく）。僕はゴルフなどやるつもりもなかったので、ポロシャツにチノパンで、保養所にあるクラブを借りてラウンドに出た。

なぜか、いつの間にか決まっていた、氷室と三崎と三人のパーティで、しかも、最後尾を回るというものに、僕は胃の痛みを覚える。

「ゴルフにはいい天気ですね」

「天気がいいと、体力消耗するしな」

笑い合う二人が怖い。元々、似たタイプなのだ。三崎もずっとテニスをやっていて、体格がいい。僕も彼の後輩で、かなりの好成績を上げてはいたが、身体つきは逞しくはならなかった。

それでも、僕はそれなりにゴルフができる。運動神経はよい方だし、経験が一番必要といわれるゴルフで、それは十分にあった。大学に入ってゴルフを始めた三崎につき合わされていたし、何よりあいつがゴルフ好きで、いつも連れていかれていたのだ。いやでもうまくなる。

氷室と他の課の皆は一様に僕の腕に驚いたようだった。ハーフを終わって、氷室と三崎はスリーアンダー。僕はツーアンダーだった。

「すっげえ。香原、やってたのか、ゴルフ」

クラブハウスで会ってスコアを見せ合っていた先輩たちは、僕のスコアに驚いた顔をした。僕は笑ってごまかすしかなかった。三崎みたいなお坊っちゃんならいざ知らず、ゴルフなんて会社に入ってやるものと、相場は決まっている。新人でうまい奴はあまりいないらしい。

「香原のつき合ってきた相手の仕事がわかるな」

十二番ホール。僕のドライバーが正確に振り下ろされ、白い球が飛んでいく。パワーはないが、きっちりとしたフォームには定評がある。その距離を二五〇ヤードと目算していると、後ろから氷室が言った。

僕はできる限り、二人を無視して無口でいようと決めていたので、返答を返さない。

「氷室さん。そんな言い方したらまるで相手が女の子じゃないみたいじゃないですか」

笑って言う三崎の言葉には悪意がありありだ。ラウンドを重ねるにつれて、三崎は氷室とすっかり仲がよくなっていた。だいたいが似てるのだ。嫌い合うか仲がよくなるか、どちらかしかないだろう。

だが、キャディもいるのだ。滅多なことを言うな…と、三崎を睨《にら》みつけて、僕はさっさとカートに乗り込む。二人も乗って発進すると、氷室がわざとらしい口調でキャディに話しかけた。

「ここの風呂って広いの？」

「ええ。けっこう、お客様にも評判で。まだ新しいですからね」

「そうか。やっぱ十八ホール回った後の風呂は格別だからな。なあ、光一」

三崎に同意を求められ、僕は二人を振り返って見る。企みのある笑い顔。その時初めて二人の意図がわかった僕は愕然となった。そして、昨日の時点でそれに気づかず、ゴルフを断らなかった自分の愚かさを呪う。

そう。ゴルフに風呂はつきもの。

その後の僕のスコアがボロボロだったのは言うまでもない。

わざとゆっくり回ったに違いない氷室と三崎の謀略で、クラブハウスに着いた時には、他のメンバーはもう風呂を終えていた。待たせては悪い…と、氷室の指示で保養所に戻っていることになり、残されたのは氷室と三崎と僕だけになった。

「さ、風呂行くか」

「行くぞ、光一」

腕を取られ、僕は三崎のその手に指をかける。冗談じゃなかった。この二人と風呂になんか入れるわけがない。

「僕はいいから…二人で…」

「何言ってんだ。汗かいてんのに。お前、昨日も入ってないだろ?」

確かに、風呂に入ってさっぱりしたいが、この二人のいないところで、一人きりで入りたい。

三崎に腕を掴まれたまま、外せない手にもがいているとその横を通って氷室がドアの方に歩いていった。ガチャンという音が響いて、更衣室に鍵をかけられたことを知って、僕は三崎を睨みつけた。

「嵩史。課長も。やめてください、悪ふざけは」

「ふざけてなんかないぜ」

二人とも笑い顔は余裕だ。僕が逃げられるはずがないと安心しきっているらしい。三崎に捕まえられ腕を離せ…と暴れている間に、氷室が服を脱いでバスタオル一枚の姿でやってきた。三崎は彼に僕を軽々渡すと、自分も服を脱ぎにいく。

「課長…！　離してくださ…」

氷室の力も強い。僕は逃れようとしている間に息が切れてくる。そうこうしている間に三崎が姿を現し、僕の前に立った。

「や…め……っ」

僕の制止なんてまったく聞いてくれない。氷室が後ろに回り、腋《わき》から手を入れて腕を上げて押さえつける。同時に、剝《は》ぎ取るようにポロシャツを脱がされた。肌が空気に晒《さら》されて、その冷たさに息を呑《の》む。

「…白いな…」

耳元で呟かれた氷室の言葉に思わず頰《ほお》が熱くなる。肌の白さを指摘されるのは慣れているけれど。僕は日灼けのできない性質で、灼けても赤くなるだけですぐに戻ってしまう。服に隠れている部分などなおさらに白い。

目の前の三崎に目をやると、彼は僕のウエストに手を置きベルトを外そうとしていた。眉を顰めて彼を目で制したが、聞いてくれるわけがない。慣れた手つきでベルトを抜き去ると、一気に勢いよくチノパンを引き下げた。

「たか…しっ…」

氷室に押さえられている両腕を動かすことはできない。僕は三崎にされるがままになっているしかなかった。

そして。

僕が絶対に、二人の目に晒したくなかったものが、彼らの目の前に現れる。

三崎が昨晩に、少しだけ見たそれ。氷室が山下から聞き及んでいたそれは…。

「これか…」

氷室の低い声が耳に入る。彼と同じような角度で見下げたそれは、僕が初めて目にした時と変わらずに、あった。

右の内腿の中央。隠れるように咲く、紅《あか》い椿《つばき》。

正確には、一輪の椿の入れ墨。

「すげえな…。Hくせえ。こんなところに…」

僕の前に跪《ひざまず》いた三崎が確かめるように指先で椿に触れる。指先が触れるか触れないかのところで僕はビクンと身体を震わせる。押さえ込まれた身体の、白い腹が上下するのを見て、三崎が鼻を鳴らした。

「お前、ここ弱いモンなあ」

「ん……っ……」

わざとらしく、煽るように腿のつけ根を撫で回してくる指に、僕は耐えきれなくて眉を顰めた。恥ずかしいが、そこを触られただけで身体が熱くなってしまう。声を出さないようにしながらも、喉の奥で声をあげてしまう僕の耳元で、氷室がゴクンと喉を鳴らすのが聞こえた。

「遠峰もわかって、入れるあたりが……」

三崎が呟いた名前に、僕はハッとして我に返った。過剰に反応した身体が堅くなる。

「遠峰……？」

何も知らない氷室だけが、その名前を不思議そうに三崎に呟き返した。我に返っていた僕は、その一瞬の隙をついて、二人の男の手から無理やりに逃れた。

息を乱し、少し離れたところから二人を見ていたが、二人は呆然といった感じで再び僕を捕らえようとはしなかった。僕は自棄《やけ》気味の気分だった。

「…風呂に入る…」

見られてしまった以上、隠す必要もなくなった。僕は足を晒して一人で風呂に向かった。

二人は入ってこなかった。椿を見ただけで満足したのか。二人で牽制し合っているのか。どちらにせよ、二人同時に襲われることはなさそうだった。保養所で皆が待っているのだから、そこまで分別のない真似はしないと思うが。

僕がさっさと身体を洗って髪も洗ってしまい、浴槽に入ったところで、ようやく二人が現れた。二人は別段変わった様子はなく、僕の方に視線もよこさないで、黙って二人で洗い場に並んで座る。僕は訝しげに二人の背中を見て、浴槽から早めに上がった。

バスタオルで身体を拭《ふ》いて、ふと見た自分の足の赤い模様に目が行く。三崎の口にした名前が甦る。それは同時に、それを入れられた時の、ヤツの台詞まで思い出させ、僕は背中が震えるのを感じた。

東京に帰るのが恐ろしい。

考えなくてはいけないことが山盛りで、そのすべてが億劫《おっくう》でいやなことばかりだ。

僕は溜め息をつくと、獣二人を残して、ゴルフ場を後にした。


歩いて十分ほどの保養所に戻ると、観光組も戻ってきていて、帰り支度をしていた。僕は手早く帰り支度を終えると、三崎の企みから逃れようと、幹事になってしまっている木村のもとにそっと歩み寄った。僕の「駅まで送ってもらえませんか」という願いに、木村は一も二もなく頷いてくれたけど、すぐ後に変な顔をして僕を見る。

「いいけど…課長か三崎さんと帰るんじゃ…?」

「いいえ…迷惑をかけたくないので…」

それが冗談じゃないのだ…とは、到底言えなくて、笑いながら適当な理由を述べかけたところで、背後に人影を感じた。振り返らなくてもわかる人物に、僕は顔を顰める。

「木村、いいぞ。三崎くんが送るから。なんたって高校の先輩後輩だ。つもる話もあるらしくてな」

「光一。約束してただろ?」

いつの間にか、ゴルフ場から戻ってきていた二人が笑って立っていた。僕がいないところで二人の間にどんな話がなされたのかは知らないが、三崎が送ると言っているからには、氷室は諦めたのだろうか。

顰め面の僕をよそに、木村は笑って納得して無情にも行ってしまう。課の皆は帰り支度に奔走していて、僕たち三人だけがロビイに残された。

「今日のところは三崎くんに譲ることにした」

にっこり笑う氷室。眉間に皺を作って三崎を見ればこっちも笑っている。

「お前の新居も見たいしな。立派なアパートなんだって？」

氷室が言ったに違いない。僕はこの状況から逃げられないのか。

「さ、行くぞ。光一」

「じゃ、また明日。会社でな」

三崎に腕を捕まれ、氷室に笑って見送られ、僕は赤いフェラーリでドナドナされたのだった。

夕方になり、天気は崩れ始めた。フロントガラスにポツリポツリと雨の滴が当たり始める。湾岸通りを飛ばすフェラーリからは、暗い海が見える。風も強くなっているようで、波打ち際に寄せる波が高くなってきていた。

「どこで犯る?」

いきなり、ステアリングを握ったままの三崎が、顔も動かさないままに聞いてくる。ぼうっと車窓から外を眺めていた僕は、その台詞に思わず運転席を振り返った。三崎は横顔ににやつき笑いを張りつかせ、運転している。思いっきり眉を顰めた僕の顔は見えないだろう。

何をやるんだ?

三崎の直情的思考ではひとつしかないだろうけど。これで医者になるっていうんだから、僕の医者嫌いも納得できるってものだ。

「俺のマンション? お前の家? 中野に住んでるんだって? 氷室さんに聞いたよ。しけたトコらしいな。麻布のマンションはどうした? いったい、遠峰とはどうなってるんだ?」

僕は答えずに黙ったまま、顔を背けた。あいつ…遠峰とどうなっているか。知れば、三崎は驚くだろうか。

三崎はいかにも楽しそうだった。昨晩、コンビニで一緒だった彼女を返してしまい、僕を好きにしようと思っていた思惑が外れ、三崎に欲求不満が溜まっているのは明らかだ。それが解消されようとしている今、彼のご機嫌は絶好調というわけか。

「あいつが香港に行っちまったって聞いてからすぐに麻布に行ったんだぜ? なのに、いなくって、お前友達いないからどこに越したか調べようがなくてさ。まさか、就職してるなんて思いもつかなかったけどな。遠峰がお前を手放すとは思えなかったから」

まさに、そうだ。遠峰は僕を手放してはくれなかった。もしかしたら遠峰は、彼が香港に行ってしまってからの僕の行動を何もかも調べているのだろうか。彼なら十分に可能だとは思うが、そこまでするだろうか。

たかが、愛人の一人くらいに。

僕は溜め息をつくと頭を振った。遠峰ならやるかもしれない…という考えが過《よぎ》ったのだ。僕は甘かったのか。できる限りの手は打ったつもりだった。アパートだって電話だって就職口だって、それまでの僕を知っていた人間の誰にも言わなかった。

それでも、僕なんかが構じる手段のすべてが遠峰にとっては子供のあがきみたいなものなのは事実だ。遠峰が僕の現在を知りつくすのはごく簡単だ。昨日、アパートに置きっぱなしになっている携帯電話から流れてきた声。忘れもしない、遠峰自身の声だった。

あのアパートには帰りたくない。遠峰が待っているかもしれない。待っているとしたら、彼は思いもつかないほどの怒りの中にいるだろうから。

とにかく逃げるしかないのだが、逃げるにしても、もう少しゆっくり考える時間が欲しい。僕には選択肢はないのか？　横に座る男しか？　三崎から顔を背けて見る海は暗く、まるで僕の心のように波立っている。

「…嵩史のマンション……」

三崎の提示したどうしようもない選択肢から、行き先を告げると、再び大きな溜め息をついて、深くサイドシートに身を沈めた。斜めに見た視界に三崎の、今度こそ本当に笑う横顔が入る。

本当に、僕の人生はどうしようもないと、もう一度ついた溜め息が、三崎に聞こえたかどうかは、わからなかった。


三崎が親に買ってもらって住んでいるマンションは目黒《めぐろ》にある。三崎は三人兄弟の末っ子で、跡取りという身分ではないものの、末っ子の特権か、猫っ可愛がりされている。乗っているフェラーリにしろ、三億は下らないマンションにしろ、親は何も言わずにポンと与えたらしい。

都内に入り、渋滞を避けて裏道を幅の広い車がスイスイ進んでいく。住宅街に入り、近いのかな…と思った時、三崎が車道の脇に車を停車させてリモコンでマンションの地下駐車場の入り口ゲートを開けた。東京に来てから、できるだけ三崎を避けまくった僕は、三崎のマンションを訪れたのは数えるほどしかない。特に、遠峰と関係を持ってからは三崎とは会っていなかったので、ここに来るのは久しぶりだ。

地下の駐車場に車を停めて、うきうき気分といった感じで先を歩く三崎の後を、暗い気分でゆっくりとついていく。駐車場に人影はなく、エレヴェーターホールにも人はいなかった。三崎のマンションは西棟と東棟に別れていて、別々のエレヴェーターがある上に、五階建てという中層で、戸数も少ない。別の住人に会おうとする方が難しいかもしれない。

先にエレヴェーターに乗り込んだ三崎に続き、箱にもたれかかる彼の代わりに行き先階と閉まるのボタンを押す。その動作のために、三崎に背を向けた時だった。

「…や……何する…」

「光一。相変わらず細いな。お前の腰…」

いきなり三崎に背後から抱きすくめられた。エレヴェーターはゆっくり上昇を始めたが、三崎の腕がウエストから前に回り、腰に自分を押しつけてくるので、僕はそれどころじゃなかった。

「嵩史…やめ……っ…誰か来る…」

「来ないよ。知ってるだろ?」

三崎の舌が耳の後ろを舐める。熱いその感触に、思わず身体が震える。後ろに押しつけられる三崎自身は、ズボンの布越しにもう堅かった。

「感度いいよなあ。もう首筋赤いぜ」

笑い声で三崎が首筋を舐め上げる。ポロシャツから忍んだ掌は、肌を撫で回し、乳首に辿り着くと、いたずらするように指の腹でそれを転がす。

「んっ……は……あっ……」

図らずも漏れてしまった吐息に、三崎の息遣いが荒くなるのがわかる。だめだと思うほどに、身体が崩れていく。三崎はチノパンの上から押さえているだけなのに、そこまでも熱くなってしまいそうで、恥ずかしかった。

チン…という音とともに、ゆっくりと上昇していたエレヴェーターが三崎の部屋のある五階に辿り着いたことを告げた。エレヴェーターの壁に押しつけられて弄られていた僕は、開いた扉から明るい光が漏れるのを見て、部屋に着いたのだとわかった。

「た…かし…部屋…行こう?」

エレヴェーター内で犯られるのはごめんだった。夢中で僕の身体を弄っていた三崎は、僕の声に反応して首筋から顔を上げる。

「ここでもいいけど…」

「いやだよ。誰か…来る…。中なら…何してもいいから…」

三崎と体勢を入れ替えて、上目遣いで言う僕の台詞に、三崎はグッときたらしく、僕の腕を乱暴に摑むとエレヴェーターを出て部屋に向かった。

三崎には悪いが、三崎はちょろい。あいつなら車から降りてここまで来る間に、ものも言わずに一回は犯っている。

そう思って、人間はこうやって堕《お》ちていくのかと、また暗い気分になった。

三崎は彼らしくない乱暴さで玄関を開けると、僕を部屋の中に押し込んだ。後ろ手でドアを閉めるやいなや、すぐに口づけてくる。

「ん…っ……ん……っ…」

熱い舌に搔《か》き回される。三崎のキスには慣れている。ツボをついたキスに追い上げられるのはあっという間だった。

「もう…堅いじゃん。光一」

脱がされたポロシャツの下の鎖骨に吸いつきながら、三崎がチノパンの上から握り込む。キスと弄られる掌に、熱くしてしまった僕はビクンと身体を震わせた。

「や…嵩史…」

ベルトを外し、三崎がチノパンと下着を脱がせる。じかに握り込まれ、きつめに扱《しご》かれると、自分でもグンと堅くなるのがわかる。

「何？　…お前、もしかして、セックスしてないの？　最近」

三崎にしてみれば抱き慣れた身体だ。僕の反応が早いのに気づいたに違いない。確かに、僕はあいつが行ってから、誰とも寝ていなかった。誰かに触れられれば、普通以上に感度のいい僕だが、普段は淡泊でセックスしたいと自分から思うことなどないから。

答えない僕に三崎は鼻で笑うと、扱く手を速める。

「あ…っ……んんっ……」

「いいね。初めての時、思い出すよ。興奮する…」

親父みたいなことを言う三崎は、言葉通り興奮してる様子で、僕の腰を抱えたまま、自分のベルトのバックルを外し出した。僕はその音を聞いて、さっと血の気が引くのを感じて小さく叫んでいた。

「やっ……やめて…！　久しぶりなんだ…慣らしてから入れて…っ」

切迫した声で言った僕の顔を三崎が覗き込む。その顔は不思議そうだった。

「もちろんそうするけど…？」

かあっと頬が熱くなる。ずっと、あいつとしか寝ていなくて、すっかりあいつの犯り方に慣れてしまっている。三崎はそんなことをする男じゃなかった。

「ごめん…」

僕はごまかすつもりで自分からキスをした。三崎はまだ不思議そうだったけど、僕のキスを受け入れて、貪《むさぼ》るように舌を吸った。

初めて僕を犯したのは三崎で、それからも幾度となく他の人間にも犯されたけれど、幸運なのか、僕の相手は皆優しかった。それがわかったのは、あいつと寝るようになってからだけど。立ったまま慣らしもせずに突っ込まれて、辛《つら》い思いをしてきたから、思わず過剰に反応してしまった。

三崎はそんな僕に不思議そうな顔をして尋ねる。

「光一。遠峰にどんな抱かれ方してたんだ？」

三崎は、久しぶりなら…と、立ったままするのをやめて、ベッドに運んでくれた。潤滑剤を塗った指を奥に忍ばせながら、彼が瞳を覗き込んでくる。

「ん…っ……あっ……そんな…の……」

孔《あな》の周囲を探る指にだって身体が震えてしまうのに、指を挿入されてまともにものが言えるはずがない。

「確かに感度はよくなってるけど…」

僕は電子機器じゃない…と言いたかったが、蠢《うごめ》く指に出る声はすべて嬌声《きょうせい》だ。耐えきれなくて、三崎のシャツを摑むが、指先から震えが上がる。

「あ……やっ……んんっ…たか…しっ…」

中で動く指。ほぐすように蠢く二本の指がたまらない快感を生み出す。熱くて痺れが走る身体を抑えようもない。

「すげえ…。俺の指吸い込んでいくぜ？　もう一本入れてもいい？」

「やっ……壊れちゃう……っ……嵩史っ…！」

ズッと、三崎の長い指が増やされて、ビクンッと大きく身体が震えた。さすがにきついらしくて、ゆっくりと進んでくる指の感触がリアルすぎて僕は頭を振った。

「超エッチ…。飲み込んでるって感じ…」

大きく開かれた膝の間に三崎の視線を感じる。医者の卵だけのことはあるのか、それが彼の性癖なのか、三崎は観察好きだ。いちいち言葉にしては人を煽る。彼の恋人が長続きしないのは、このへんに原因があると僕は踏んでいる。

「動かすと…これでも感じる？」

「は…っ…あっ……んっ……」

背筋を駆け抜ける快感は、堅くなった前を刺激する。反り返ったモノが、イけないままじわっと先を濡らす。

「濡れてるよ。光一」

三崎は笑いながら、僕の濡らした先を舌でじっとりと舐め取り、口唇にゆっくり含む。同時に後ろの指を動かされ、僕は身体を撥《は》ねさせた。

「んっ…やっ……だめ…嵩史っ！　いっちゃう…っ…！」

僕は言葉と同時に、三崎の口の中に放つ。はあはあと荒い息を継いで、薄目を開けて三崎を見れば、彼はいやらしい音を立てながら舐め取っていた。

「…ご…めん……」

「いいよ。濃いな。本当に久しぶりなんだ」

三崎は嬉しそうに言うと、起き上がって膝に手をかける。後ろからゆっくり指を抜くと、僕の両足を大きく広げながら抱え上げた。腰の下に枕を挟み込むと、持ち上がって三崎の目前に股間を晒すことになった。

「悔しいけど…いいな、この椿。あいつもすげえよな。さすが…」

そう言われて。すっかり忘れていたあれが、三崎の目の前に晒されているのだと思い出す。十五から抱かれていて、三崎に股間を晒すのはそれほどでもないのに、あれを晒すのはなぜかとてつもなく恥ずかしかった。

「見ないで…嵩史…」

起き上がって三崎を阻止しようとした時、彼が腿を強く押さえ込んで、それを舐めた。

「ひ……っ…！」

舐められた先から、痺れたような衝撃が身体を駆け巡る。大きく撥ねた身体を面白がるよ

うに、三崎の口唇が吸いつく。

「あっ……あっ…あっんっ……だ…め……」

声が際限なく漏れる。止められない。どうしてもだめだった。三崎が面白がってるのがわかるから、止めなきゃとは思うのだが、どうしようもない。自分でもどうかしてるとは思うけど、元々弱いそこに、あれを入れられてから、もっと弱くなってしまったのだ。

「…イッたばっかだろ？　溢れてるぜ」

舐められる感触に勃起したままの先から液が溢れていく。けど、わかってるからやめてって言ってるのに、やめない自分の方が悪いんじゃないか。

「やっ…お願い…だから……っ…やめて」

「すっげえ…。あそこ、真っ赤になってヒクついてるぜ。そんなに感じる？」

吸いつく口唇。動く舌に、僕は切れ切れの声を涙を流しながらあげた。

「やあっ…！…嵩史ぃっ……あっ…や……あっ…！」

「ここだけでイけそうじゃん…お前。それも何か悔しいな」

そう言うと、三崎はあれから口唇を離し、起き上がって顔を覗いてきた。荒い息をこぼして涙に歪んだ視界に三崎を映すと、彼は心なしか不満げな顔をしている。

「やっぱ、いくら相手が遠峰でもやりたくないな。お前は」

何言ってるんだ。僕はものじゃない。

そう、言葉にしないうちに、三崎は抱え上げた腰に自分のモノを押しつけ、ゆっくりと侵入してきた。久しぶりだったが、じっくり慣らされたし、三崎は優しくゆっくり入れたので、それほどの負担もなく受け入れることができた。

「ん…っ……やっぱ、いいな。光一…」

呼ばれて目を上げると、三崎が口づけてくる。キスに応《こた》えて、唾液が漏れるほどに舌を搦《から》め合ってると、三崎がゆっくり動き出す。

「あっ…んっ………あっ…そ…こ…」

「…いい？　光一？」

次第に動きを速める三崎に、しがみついていく。熱い三崎の感触は、いつも通っていた高校を思い出させる。不思議だな…と思っていると、三崎は僕の上で先に達《い》ってしまった。

はあはあと息を継ぐ三崎がバツの悪そうな顔をしている。

「ごめん。お前、よすぎる…」

決して、喜べない賛辞だった。でも、早く終わってくれたのはいいことだから、抜いてくれないかな…と思っていると、中で萎《な》えたはずの三崎がピクンと動くのを感じた。

「あ…っ…まだ…やる…？」

「お前、イってないじゃん。ちょっと待ってよ」

言いながらも、キスをして、中の三崎がグングンと大きくなってくる。その感触が内壁を刺激して、ビクビクと三崎を締めつけてしまう。

「やっぱ、だめ。俺、光一離せないわ。こんなヤツいねえモン」

嬉しそうな顔で言う三崎自身は、もう復活を遂げている。若さの勝利か。僕は目眩がしそうだった。

「あっ…んっ……あんっ…嵩史っ！」

それでも、熱いモノをねじ込まれれば身体は正直に反応してしまう。どうしてこうなんだろう…と、内心溜め息をつきながら、僕は三崎の与える快楽に翻弄されていた。

寝不足で起き上がった身体には無数のキスマーク。はあ…と深く溜め息をつき、八時を過ぎている時計に、慌ててベッドを降りるとバスルームへ向かった。

熱いシャワーを浴びて出てくると、会社に行かなくてはいけないのに、スーツがないのに気づく。旅行帰りでそのままここに連れ込まれたのだ。バスローブのままどうしようか考え、そういえば…と思い出して、寝室に戻った。

寝室に続いているクローゼットに入ると、僕の今のアパートぐらいの広さのクローゼットには、三崎のほとんどがヴェルサーチという目に痛いほどの色彩の衣服が所狭しと並んでいた。どうせ、あいつのことだから…と、奥の方を探っていると、目当てのものが見つかる。

以前に、三崎にばったり会った時に食事に誘われ、無理やり買ってくれたスーツだった。会社に来ていくには多少派手だが、今からアパートに取りに戻って遅刻するよりはいい。合わせて買ったはずのシャツとネクタイはどこにあるのだろう。ずらっと並んだ棚を捜していると、見られてる気がして振り向いた。

「帰るのかよ？」

ベッドで寝てるはずの三崎がクローゼットの入り口に煙草を咥えて立っている。

「会社だよ。シャツとネクタイってどこ？」

「会社？　行く気か？」

バスローブを羽織っただけの三崎は、中に入ってくると、棚からシャツとネクタイを出してくれる。それを見ると、やっぱり派手だ。だいたいが三崎の趣味で勝手に買われたものだ。けど、この際、仕方がない。

「新入社員なんだ。休むわけにはいかない」

「俺と一緒に暮らせばいいだろ？　金ならいくらでもあるぜ？　だいたい、あの時だって、俺に言えばあんな遠峰なんかに…」

蒸し返す三崎を無視して、バスローブを脱ぎ捨てるとシャツを着てボタンを嵌《は》めた。今さらだ。僕だって、何度も思い返したことだ。朝から言われたくはない。

そういう僕の気配を察知したのか、三崎はそれ以上は言わずにクローゼットを出ていった。僕がスーツに着替えてクローゼットを出ると、もう一度寝直してると思った三崎は、意外にも服を着替えて居間にいた。

「送ってやるよ、会社まで」

時間は八時半。九時の始業に間に合うようにタクシーで行くつもりだった。朝に弱い三崎が起きるとは思ってなかった。僕は、あの派手な車で会社に乗りつけるのはいやだったが、近くまで乗せてもらって降ろしてもらえばいいと、三崎の気まぐれな親切につき合うことにした。

地下から出た車の乱暴な運転も気にならず、僕は旅行鞄《かばん》をどこに隠そうか考えていた。課の皆は僕が三崎と帰ったのを知っている。まさか、関係を疑う者はいないと思うが、変に邪推されるのは面倒だ。

コインロッカーの所在地を頭で考えていると、三崎が煙草を吸うために窓を開ける。

「なあ。マジで俺と暮らさないか?」

突然言われて。三崎を見れば、赤信号で止まった運転席から余裕の笑みを送っていた。

「何言ってんだよ」

「やっぱ、光一、いいモン。俺もかなり遊んでるけど、いないぜえ? 遠峰みたいな男が手放さない意味がわかる」

遠峰…。朝から気分の悪い名前を聞いて、僕の思考は旅行鞄どころではなくなってしまう。

そうだ。僕は今日、いったいどこに帰れば…。

遠峰が日本に帰ってきている。それは事実だ。聞き間違えるはずもない声が言った言葉…。

『今、成田だ…』

それを無視して電話を切ってしまったのも事実なんだ。そして、遠峰がきっと激怒してるに違いないのも…。

「なあ、光一…」

三崎が頬に指先で触れる。僕は邪険にその指を振り払うと、まだ三崎に言ってなかった事実を告げた。

「嵩史。遠峰が日本に戻ってきてる」

車内に沈黙が流れる。いつの間にか変わった信号にも気づかなかった三崎は、後ろからのクラクションに慌ててアクセルを踏んだ。

「…マジ…?」

しばらくして窺うような声で聞かれて、僕は溜め息をつきながら事実を答える。

「土曜の朝…葉山に行く前だよ。電話があった。成田だって言ってた」

「お前…迎えとかよかったのか?」

「来いって言われたのを切った」

「光一…」

三崎の横顔は青かった。三崎は遠峰を知っている。どういう男かも。

「それだけじゃないんだ。僕が麻布を出たのも就職したのも遠峰にはすべて無断だった。僕は遠峰から逃げたつもりでいたんだ。あの住所も電話も知られていないつもりだった」

「だけど…」

「知られてた。僕なんて遠峰にとっちゃ何人もいる愛人の一人だ。いい加減、忘れてくれたと思ってたんだけど…」

三崎は僕の言葉に黙っていたけど、会社が近くなって巻き込まれた渋滞の中、新しい煙草に火をつけながら言った。

「いいじゃん。どうせ、遠峰も一時帰国だろ？　遠峰が帰国してる間だけ、お前、つき合ってあげれば？　後は俺と暮らせよ。俺は遠峰より百倍優しいぜ？」

その台詞に、驚愕を隠せない顔で三崎を見た僕に彼はいたずらな顔で笑いかける。三崎にはこういうところがある。お坊っちゃん育ちゆえの怖いもの知らず。渋滞が緩和して、三崎が踏み込んだアクセルに、フェラーリが滑るように動き出す。確かに、三崎は頭がおかしいとは思うが、遠峰よりは優しい分マシかもしれない。

そんなことを考えてる自分がいやになる。ああ。もうどうでもいいよ。

「…とりあえず、荷物預かっといて。また連絡する」

「うちに来いよ」

にやついた笑いの三崎を見ると、やっぱやだな…と思うんだけど。僕にはこんな選択しかないのか。目の前に見えてきた自社ビルに、ここでいいと三崎に言うが、彼はまったく無視して、その派手な車を入り口に乗りつけた。当然、僕は衆目に晒され…。

「マンションで待ってる。それと、氷室には犯らせるなよ」

ドアを開けて降りる間際に言われた言葉が、誰かに聞こえてないのを祈りながら、僕はその赤い車を降りる。すごい爆音を立てながら去っていく車を背後にして、僕は視線の洪水の中をエレヴェーターホールへと向かった。

「ちょっと…派手なんじゃない？」

そう言う菱沼さんの顔はひきつっているように見える。それは僕もエレヴェーターに乗った時から感じていたことなので反論などできない。やはり、このスーツは目立ちすぎた。だいたい、黒地の玉虫色の細身スーツで、シャツはコバルトブルー。ネクタイはベルサスなんて、よく考えれば六本木のホストのようだ。だが、あのクローゼットで見た時は、三崎の他の服に紛れて地味に見えたのだ。

「いや…その。いろいろと事情がありまして…」

決して目立ちたくないと思っているのに、これじゃ、どうしようもない。昼休みにスーツを買いに行くか…と、考えていると背後から声がした。

「なんだ？　香原。派手な服だな。三崎くんの趣味はやっぱり派手だな」

氷室の声はよく通るでかい声だ。課内の全員が僕を見た。

「あ…そうか。三崎くんの服だったんだね。彼のトコに泊まったんだ」

ニコニコ言う菱沼さんの顔に、他意はないように見える。対して、悪意ありありの顔で見下ろしてくる氷室。

「…にしては、ぴったりだよな。お前と三崎くんじゃ体格差ありすぎなのにな」

「あ…そういえばそうですねえ」

氷室の言葉に菱沼さんが不思議そうな顔をする。僕は彼女にわからないように氷室を睨みつけると、ごまかすようにコピーを取りに行くと言って、その場を離れた。

週末の旅行では、思わぬ三崎の出現で、なんとか氷室の魔の手をかわしたが、彼が諦めたとは思えない。会社に来れば来たで、こんな状態だ。溜め息ももう打ち止めになりそうだ。

そう思いながらコピー室を出ようとすると、出口に氷室が立っていた。

「課長。どいてください」

「どうだった？　三崎くんは？」

僕の前に塞がる氷室は、にやついた笑いで見下ろしてくる。

「課長には関係ありません」

「三崎くんに聞いたよ。お前のいろいろ。あの山下が小僧みたいに扱われたのは無理もないな」

三崎はどこまで話したのか。僕は氷室を警戒するように彼を睨みつけた。

「…なんのことですか？」

「お前のことが知りたくてな。昔話の代わりに昨日、彼に譲ったんだ。他のヤツにお前を抱かせるのはしゃくだったけどな」

「なんのことかわかりません。失礼します」

あくまでしらを切り通すに限る。これ以上の面倒事はごめんだ。氷室の横を通り過ぎようとしたが、あっさりと彼の手に捕まってしまった。

「今日は俺につき合え」

「冗談はやめてください。離してくれないと人を呼びますよ」

「呼べば？」

自信満々の顔。こういうのはセクハラって言うんじゃないのか？

睨みつけるしかできない僕が、その目をますますきつくした時、救いの神が現れた。

「課長。こんなトコで何してるんです？　アポイントあるんですよ。もう出なくちゃ」

同じ課の大沢が迎えに来て、氷室は仕方なしに僕の腕を離した。僕はほっとして、コピーの束を抱え直すと、氷室と大沢を残して小走りに課のデスクへと戻った。


憂鬱《ゆううつ》な気分は拭《ぬぐ》えなかった。会社では氷室、帰るところと言えば、三崎のところか、遠峰が待ち構えているかもしれないアパートなのだ。その上、とんでもないスーツ姿だ。僕の気分が暗くなるのは仕方のない話だ。

そんな僕の気分をもっと落ち込ませたのは、菱沼さんの一言だった。

「そうよね。香原くん、今日は三崎くんの家から来たんだもんね。でも、明日には絶対持ってきてね」

僕は金曜に菱沼さんから頼まれた書類を自宅に持ち帰っていたのだ。すっかり忘れていたが、月曜に絶対に持ってきてと言われていたのだった。やはり、あのアパートへ一度は戻らないといけない。

遠峰の顔がちらついて仕方ないままに、昼になった。疲れきった気分で、もうスーツを買いに行く元気もなくて、ご飯を買いに行くという加藤《かとう》さんに一緒に買い物を頼んで、室内で菱沼さんたちと一緒に食べた。外に出なければ派手なスーツ姿もそれほどは目立たない。幸い、外回りの仕事はまだしていなかった。

時刻はどんどん過ぎ、今日どこへ帰るかと、悩み始めた三時頃、出かけていた氷室が大沢と戻ってきた。

「おい、香原。出かけるぞ」

いきなり言われて。僕はびっくりした顔で氷室を見上げる。

「は…？」

「埠頭《ふとう》の現場を見に行くんだ。お前も勉強のためについてこい」

僕は思いっきり首を振りたい気分だった。冗談じゃない。氷室と二人で出かけるなんて。

「でも、僕はこの仕事が…」

デスクワークに縋ろうとする僕に、無邪気な菱沼さんが追い打ちをかける。

「いいよ。そんなの私がやるから。行っといでよ。現場見て勉強しなきゃ」

「でも…」

「早くしろ。行くぞ」

氷室が強引に腕を取る。見上げた顔は笑っている。それ以上抵抗しても、皆に変に思われるので、僕は仕方なく立ち上がった。

地下の営業車のある駐車場まで、氷室は僕の前を上機嫌で歩いていった。僕はじろじろと不躾《ぶしつけ》な視線に晒されるし、目の前の男の対処策も浮かばないしで、眉間の皺は増える一方だった。

「運転するか?」

ダークグリーンのディアマンテの前で立ち止まると、氷室はキィを持ち上げて見せる。

「申し訳ありません。ペーパードライバーです」

「そうか。そうだよな。お前に運転させるような男とはつき合っていないよな」

笑いながら氷室は運転席に乗り込んだ。僕は渋々と助手席のドアを開ける。免許は大学に入ってから一応取ったのだが、東京で車を持つなんて贅沢《ぜいたく》はしたくなかったし、氷室の言うように、相手がいつも車を持っていたので必要なかったのだ。

「なんの現場ですか?」

車が地下駐車場を出て、混み合う幹線道路に出てから僕は聞いた。だが、氷室は答えない。横顔に薄笑いを張りつかせてハンドルを握っている。車から飛び降りたい気分だった。

「これが…なんの現場だって言うんです?」

目の前には倉庫街を通して、東京湾が見える。氷室が無言のまま、車を走らせ、着いた先は晴海《はるみ》埠頭の倉庫街だった。しかも、目立たない倉庫の陰。見渡す範囲に建築中の物件などない。

「この先だよ。飼料会社の倉庫を建ててる。けっこうデカイ物件だ」

「なら、そこに行きましょう」

「それもいいが…」

氷室の言葉尻に、いやな予感を感じ取って、僕は素早くドアを開けようとした。だが、オートロックに阻まれ、乗ったことのない車種にロックの在《あ》りかを捜してるうちに、氷室に両腕を摑まれてしまった。

「な…にするんですか?」

「決まってるだろ?」

フフンといった感じで笑うと、摑んだ両手首を持ち上げて、僕のシートを倒す。ガクンと身体が後ろに下がり、氷室に上に乗られてしまって身動きが取れない。

「やめてください…って。課長、勤務中ですよ。現場に行かなきゃ…」

叫んでも人など来ない場所だ。氷室は最初からわかっててここに来てるに違いない。無駄なエネルギーを使わないように、無闇《むやみ》に叫ぶことはしなかった。

「離して…っ…僕は社内の人間と寝る気はないって言ってるでしょ…んっ…」

僕の言葉なんて無視して、氷室が口づけてくる。忙《せわ》しなく動く掌はベルトを外しにかかり、氷室の指が直《じか》に握り込んでくる。

「んっ……や…めっ…課長」

「いいだろ？　今さら、俺と寝るくらい、どうってことないんじゃないのか？」

どういう言い草だ。失礼な…と思ったが、確かに抵抗する方が疲れる。一度犯って納得してくれるなら、犯らせちゃった方が楽だけど、氷室はどう見ても一度で済む人間には見えないし、脅しもききそうにない。厄介な相手とは寝たくない。

「三崎くんが初めてなんだって？　彼以外にもかなり寝てる相手がいるらしいな」

「そんなの…嘘です…」

眉を顰めて否定したが、事実だった。三崎とつき合っていた最初の一年は、校内ではカリスマ的存在だった彼を恐れて誰も手出しをしてこなかったが、三崎が卒業して上京した途端、襲われまくった。できるだけうまく立ち回って逃げてはいたのだが、逃げられない状況の場合は、とりあえず犯らせてやることにしていた。

三崎や氷室みたいな強引な人間はそうそういなくて、たいていの相手は一様に、一度抱いただけで僕の言いなりになるのを知っていた。変に抵抗してつきまとわれたり、乱暴を受けるよりは、一度抱かせてから捨てる方が楽だったのだ。

けれど、氷室はいやだった。三崎と同じ種類の人間はできる限り、避けたい。その上、社の上司なのだ。

「いや…です……やめ……て……」

車内は狭い。へたに暴れたらあちこち痣《あざ》だらけになりそうだし、動きようがない。こうなるってわかってるのに、氷室と二人きりで車に乗った僕がバカなんだろうけど。とにかく逃げるしかない…と、なんとか自由になる左手でドアを探りロックを捜す。

だが。

「あっ……んっ……」

氷室は僕のズボンの前を開け、僕自身を取り出すと、口に含んで愛撫《あいぶ》し始める。股間《こかん》に埋められた氷室の髪を摑んで離そうとするが、与えられる刺激に意識がいってしまって力が入らない。

「やっ……あっ……んっ…」

僕の身体は正直だ。氷室の舌技に反応して、どんどん身体が熱くなる。氷室はうまかった。かなり慣れている。マジのホモかもしれないと思った。

堅くなっていく僕を口唇で扱きながら、指を這わせる。勃《た》ち上がりかけた裏筋を舐め上げられて、身体がビクッと震えた。

「香原。もう出てるぞ…」

いやらしくピチャピチャと氷室が立てる音が車内に響く。自分の喘《あえ》ぐような息遣いがぼうっとしてきた頭の奥で遠くに聞こえる。

「んっ……はっ…あっ…だ…め……」

我慢しなくては…と思うほどに感じてしまうのはなぜだろう。マズイ…と心底思っているのに、僕のドアを開けようとしていた左手は、氷室の髪を握りしめて行為を促している。

「…っあ……んっ……か…ちょ……」

昨晩、三崎に思いっきり抱かれているのに、僕は氷室に勝てない。快感に弱いなんて言い訳にならない。閉じていた目を開けると、斜めになっているシートのために、氷室が僕を愛撫している姿が余すところなく目に入った。

すでに腹の上に堅く反り返ってるものを、指で支え先を軽く噛む。ビクンと震えて先からじわっと液が滲み出す。とても、会社の上司と部下には思えない光景だった。

「我慢するなよ。お前のが飲みたい…」

「んっ……や…だって……」

もうだめだってわかってるのに、それでも抵抗の言葉が口をつく。それが氷室のカンにさわったのか、彼はにわかにきつく扱き出した。

「あっ……や…んっ…んんっ……!」

その刺激に、僕は耐えきれなくなって、氷室の髪をきつく摑んだ。だが、耐えようがあるはずもなく、僕は氷室の口内に放出していた。

氷室はゴクンと喉を鳴らして僕のものを飲み込んだ。出したばかりでまだ堅さを持っている僕自身を指で支え、ゆっくりと綺麗に液を舐め取る。荒い息を吐きながら、僕はその卑猥《ひわい》な光景を目の当たりにしていた。

「んっ……」

氷室が後ろに指を忍ばせてきて、僕はやばいと思って彼の肩を摑んだ。一度達して、はっきりしてきた頭は、これ以上はマズすぎると警報を鳴らしている（今でも十分マズイが）。

「やめて…もう……」

「何が？」

「いや…です。課長…」

「そんな顔で言われても真実味がないな。絶品だ。そそるな…」

氷室は僕を解放する気はないらしく、後ろに忍ばせる指を収めない。口唇を合わせてきて、自分の苦みのする舌を受け止めながらも、どう逃げるか考えていた。ここまで来れば一緒かもしれないが、はっきり意志表示はしたい…。

その時だった。

ピピピピ…という電子音が車内に響く。僕は携帯電話を持っていない。氷室のものだった。彼の背広の内ポケットから鳴るそれに、僕は安堵して言った。

「出なくていいんですか？　課長」

「ほっとけばいい」

氷室は携帯を取り出して電源を切ろうとする。そうはさせるかと、僕は氷室から携帯を取り上げて、通話ボタンを押した。

「はい…あ、大沢さんですか？　課長ですね。ちょっと待ってください。…お呼びしますから」

相手は課の大沢だった。僕は携帯を氷室に差し出す。

「課長、大沢さんです。急用だって言ってますよ」

「……」

氷室は仏頂面で僕から携帯を受け取ると、運転席に戻って話し出す。僕はようやくどいてくれた氷室に、脱がされかけた衣服を素早く整えた。

「ああ…わかった。仕方ないな。すぐに戻る」

僕が衣服を身につけているうちに、電話の内容は氷室の帰社を告げていた。どうも急ぎの用が入ったらしい。安堵する僕に対して、携帯を切った氷室の顔は険しいものだった。

「帰社するんですか？　僕はこのままタクシーで帰りますから」

氷室にこれ以上好きにされるのはごめんだった。幸い、もうすぐ退社時間である。直帰しても責められるいわれはないだろう。

「新人で直帰か？　えらそうだな」

「疲れたんで。課長のせいで」

思いっきりいやみっぽく言うと、僕は見つけたロックを自分で外して車から降りようとした。が、その腕をしつこく氷室に掴まれて、真剣にいやな顔を作って振り向いた。

「なんですか？　もう…いい加減に…」

「香原。俺が諦めると思うな。絶対、お前を抱いてやる」

不屈の意志で笑って言う氷室に、僕は呆れ果てた視線を投げると、その手を振り払って車を降りた。そのドアを閉める寸前に氷室が言う。

「うまかったぜ。お前の…」

皆まで言わせないうちに、鼻面に満身の力を込めてドアを閉めてやった。これくらいで懲りるヤツじゃないだろうけど。

去っていくディアマンテを見ながら、一人、夕方の埠頭で、僕は重い溜め息をついていた。


とぼとぼと歩いて大通りまで出たが、ちらほら通りかかる車の中にタクシーはなかなかいなかった。仕方がないので、近くにあるホテルまで歩き、そこから公衆電話でタクシーを呼んだ。それを待ってる間、これからどこに行くか、僕は真剣に悩んでいた。

が、書類の件もあるし、いつまでもこんな格好で会社に行くわけにはいかないし、一度アパートに戻るしかない。新しいスーツを何着も買えるほど、僕の経済状態は裕福ではない。

十五分ほどして、呼んだタクシーが来ると、乗り込んで中野のアパートの住所を告げた。晴海から中野まで、けっこうな距離だったが、電車に乗り換える気力など残っていなかった。昨日は三崎に、今日は氷室に、好きにされた身体は心身ともに疲れきっている。

長い道中、もしも遠峰がいたらどうしよう…という思いばかりが脳裏に浮かんだが、あいつも暇な人間ではないから、もういないだろうと踏んだ。成田から様子を見に寄ったかもしれないが、二日近く経っているし、仕事の方に追われているに違いない。

運転手に念のため、アパートのある近くの通りで停めてもらい、そこから歩いていった。自分の家だというのに、ここまでしなくてはいけない道理はないのだが、アパートの周囲の様子を窺い、怪しい車や人影がないのを確かめてそっと裏口からアパートの階段を上る。恐る恐る回したドアノブには鍵がかかっていた。僕は郵便受けの底に貼《は》ってある合鍵を取り出し、部屋の鍵を開けて中に入る。

とりあえず、内部には他人が侵入した形跡は見当たらない。遠峰は来なかったのか。それとも、ここの住所はまだ知られていないのか。なんにしても、知られるのは時間の問題だろう。とにかく、逃げるしかないのだ。

僕は書類をキッチンのテーブルの上に置き、奥の部屋の押し入れを開けて、スーツを取り出した。わずかしかないシャツとネクタイも持って、紙袋三つに入れる。

不本意だが、これを持って、いったん三崎の家に行こう。そこですぐに新しいアパートを見つけて引っ越さなくては。ここが見つかってないにしても、見つかるのは時間の問題だ。携帯電話も捨てよう。そう思い、紙袋を持ってキッチンに出た時だった。

「……ひっ……！」

狭いアパートで、キッチンと玄関は隣り合わせになっている。その玄関口に、信じられない光景を見て、僕は息を呑んだ。

遠峰が立っていた。

奥の部屋にいたのはわずかな時間だ。その間《かん》、物音ひとつしなかった。部屋に入ってすぐに鍵もかけたというのに、遠峰は玄関で煙草を咥えて立っている。

僕は声をあげることもできずに、まさに突っ立っていた。それを平然と見ている遠峰は、あの成田で別れた時とちっとも変わっていない。

長身の逞しい身体つき。僕なんか片手で殺せてしまえそうな、鍛えられた筋肉を包むスーツは到底国産では賄えない。黒い髪をオールバックにして、整った顔立ちを晒している。高い鼻梁《びりょう》。厳しい目が笑ったのを見たことがない。薄く右頬に残る傷痕《きずあと》がなくても、到底、この男がカタギだと言える者はいないだろう。

自然と震えてきてしまう指先を握りしめる。やっぱり、遠峰はここを突き止めていた。きっと、部下に見張らせていたのだろう。僕がやってきてからこれほどの短時間で現れたということは、どこか近くにいたのだろうか。

沈黙のまま僕は遠峰から目が離せなかった。彼もずっと僕から目を離さなかったが、煙草を足元に捨てると靴先で消す。僕がそれに目を移した時、土足でそのまま上がってきて、僕の右腕を摑んで捩り上げた。

「いっ……痛い……」

遠峰は何も言わずに、捩り上げたまま僕をキッチンの壁に押しつける。痛みに顔を歪めていると、後ろから回された大きな掌にベルトを緩められて、あっという間にズボンを下着ごと足元に落とされた。

「やっ……やめて……！」

遠峰の行動を知りつくしている僕は、次に何をされるのかわかっているだけに恐ろしかった。声をあげて制止するが、遠峰がそれくらいで止める人間ではないのも知っている。

抱えられた腰に、遠峰がズボンから出したものが当てられた。熱い。僕は思わず身体を萎《い》縮《しゅく》させてしまう。

「いっ……つ……っ…！」

ギシギシと音がしそうに、遠峰に無理やりねじ込まれる。遠峰のモノはすごく大きくて、いつも慣れてから入れても辛いくらいなのだ。何もせずに入れられれば身体が悲鳴をあげてしまう。

「んっ……はっ……あっ……」

きつくても、決してやめないのをよくわかっているので、なんとか受け入れようとできるだけ力を抜くのだが、辛いのに代わりはない。冷や汗が流れる。遠峰は僕の腰を押さえつけるとグイと最奥まで挿入した。

「っ……んっ…はあっ…」

荒い息を吐いて、なんとか身体を保とうとする僕に追い打ちをかけるように、遠峰はすぐに出し入れし始めた。打ちつけられる衝撃にガクガクと身体が揺れる。大きくて堅い遠峰が奥に入り込んでくるたびに、内臓が圧迫されるような辛さが襲う。

だが、それと同時にかき回される内部からは、耐えがたい甘さが湧き出しているのも事実だった。

「んっ…あっ……あ…っ……」

熱くて大きな遠峰のモノが、慣れた部分を突くたびに、身体を捩りたいような快感が走る。辛いのに、辛さと同じくらいの悦びがある。

僕の何もかもをわかって抱いている遠峰が憎くなる。他の誰と寝てもこういうことは思わない。いつもどこか自分に余裕がある。冷静に見ていられる自分がどこかにいるのに。遠峰とのセックスは違った。何もかも遠峰に振り回される。自分を遠くに放られる感じが不安で。遠峰の嫌いな部分のひとつだった。

無理やりにされているのに、遠峰に与えられた刺激に昂《たかぶ》った僕が、自分を放ってしまってからしばらくして、遠峰も僕の中に出した。

遠峰が自分を抜いて、支えていた腰を手放すと、僕はガクリとキッチンの床に崩れ落ちた。荒い息で遠峰を見上げると、彼は涼しい顔で近くにあったティッシュで後始末をして衣服を元に戻す。

「服を着ろ。行くぞ」

懐から煙草を取り出し、遠峰は初めて口を開いた。冷たい目は僕の言葉を受けつけてはいなかったが、僕は勇気を出して遠峰に言った。

「僕は…僕には……もう、自分の生活があるんだ。放っておいて……」

「何が自分の生活だ。迎えにも来ずに、男を咥え込んで。ロクでもないな、お前ってヤツは」

遠峰の言葉に顔を背けた。遠峰は敏感だ。僕を抱いて、昨日僕が三崎としたのをわかったんだろう。確かに、半年ぶりに遠峰を無理やり受け入れたのに衝撃は少ない。三崎としていなかったら、当分歩けなかったに違いない。

「こんなところで逃げたつもりか？　あの不動産屋の息子…岡田《おかだ》とかいったな。あいつももうちょっとマシなアパート用意できなかったのか。それとも貧乏くさいところなら見つからないってお前が指示したのか？」

「なんで…」

「俺はなんでも知ってるぞ。副社長の息子をたぶらかして就職して、不動産屋の息子をたぶらかしてアパート手に入れて。電話は…大学の助手だったか？　昨日はどうだった？　半年ぶりに男と寝たんだろう。三崎は誉《ほ》めてくれたか？　あいつが抱いてた時よりもお前の身体はずっとよくなってるはずだからな」

嗤いながら言う遠峰から目を伏せた。いつも右の口の端だけを上げて笑う、嘲笑的な笑み。こんなふうに嗤いながらよくしゃべる時は、かなり怒っている時だ。当然だろう。遠峰は裏切りを許さない人種だ。

何もかもがバレていたのだ。遠峰の言うように彼が知り得ないことなどありはしないのだ。僕は目眩のひどさにそのまま倒れてしまいたかった。

「早くしないと、そのまま引きずり出すぞ」

一際低い声で言われて、僕の身体はビクンと震えた。遠峰ならやりかねない。ノロノロと遠峰の使ったティッシュを引き寄せ、後始末をすると服を戻した。遠峰に腕を摑まれ、連行されるような形でアパートを後にし、遠峰が待たせていたベンツに乗り込んだ。どこに連れていかれるのかも、わからないままに。

僕が遠峰忍《しのぶ》と知り合ったのは、大学三年の秋。父の会社が倒産したことがきっかけだった。

不況の煽りを受けて、父の経営していた会社が、三億の負債を負って倒産したと聞いた時、僕には寝耳に水の話だった。経営状態はずっと良好だと信じていたし、そんな話はそれまでまったく出なかったのだ。

金策で父は行方不明になってしまい、住んでいた家は手放さなくてはいけなくなり、母と妹は狭いアパートに追いやられた。僕も会社名義だった大学近くのマンションを出て、近くの安アパートに引っ越した。僕は大学を辞めて働くと言ったのだが、母がなんとしても卒業して欲しいと泣いて頼むので、なんとか自分で卒業することを約束した。

僕自身は家庭教師などのアルバイトや奨学金でなんとかやっていける目処《めど》がついたのだが、問題は母と妹だった。母はお嬢さん育ちだし、妹は金のかかる私立の女子校に通っていた。そこを退学させるのも可哀相で、兄の僕がなんとかしなくてはと、仕送りをするために僕が始めたのは、水商売のアルバイトだった。

それが一番早くお金になったし、現実、若くて顔のいい僕はけっこうな高給を稼げたのだ。僕がバーテンをやりながら、母と妹に仕送りをして三カ月ほどが過ぎた日のことだった。

父からは相変わらず連絡はなく、そういう生活にも慣れた頃、僕は遠峰に出会った。

遠峰は僕の勤めていたバーのオーナーという触れ込みだった。実際、オーナーなのは確かだ。遠峰は都内各所に貸しビルや店を何百軒と持っている。ただ、問題なのは彼のやっている商売がそれだけではなかったことである。

遠峰はヤクザだった。

実際に組を構えているわけではないので、語弊があるかもしれないが、彼の稼いでいる金が全国で最大規模を誇る組織の資金源になっているのは事実だ。

僕はそんなことをまったく知らなかった。そう言われるのはいやだが、僕はお坊っちゃん育ちの正真正銘のお坊っちゃんだったから。店のオーナーだという遠峰をママに紹介され、挨拶《あいさつ》をして、外面のいい彼を印象よく思っていた。

遠峰は最初から僕を気に入ったらしく、何度も店に来ていた。僕は警戒はしていたが、彼はいつも女連れだったし、優しく頼れる人間を演じていたのですっかり信じてしまった。そして、言わなくてもいい、自分の実情を話してしまったのである。

十二月だった。大学と家庭教師のアルバイトとバーテンの仕事で、元来丈夫な方ではない僕は少々バテ気味だった。大学三年の年末という時期で、国家公務員の試験を受けるべきか民間に就職活動すべきか迷っていた。当初は迷いもなく受ける予定だった試験の勉強は少しずつ続けていたが、大学の授業さえまともに出られない日が多く、落ちた場合を考えて悩んでいたのだ。

その日、遠峰はめずらしく女連れではなかった。店も終わりかけという時間に来て、カウンターで一人で飲んでいた。

「めずらしいですね。今日はお連れの方いないんですか」

「ああ。振られた」

笑う遠峰に苦笑してみせる。遠峰が振られるなんてことはあり得ない。店の女の子も全員遠峰を狙っていた。その財力ばかりか、彼の際立った容姿は、六本木《ろっぽんぎ》のような有名な花街でも、歩くだけで人を振り返らせる。三十半ばという話の遠峰に妻子がいるのかは知らないが、いるとしたらすごい美人なんだろう。

「香原。仕事終わってから暇か？」

「え？　まあ、帰るだけですけど」

「飯つき合ってくれないか。一人で食うのはどうもな」

そう言う遠峰に快く頷いた。その頃、僕は遠峰とよく食事に行っていた。店の終わった後、遅い夜食によく誘ってくれていたのだ。

店を出られたのは一時を過ぎる頃だった。後片づけがあったが、ママが遠峰の誘いがかかっている時は、早くに帰してくれていた。なので、僕は更衣室でカマーバンド姿を着替え、セーターにチノパン、ダッフルコートというラフな姿で店の裏口から遠峰の待つ通りへと小走りに出た。通りには遠峰のベンツが停まっている。間違えようのない、ハイクラスのベンツ。

「すいません」

ドアを開けてくれる運転手に頭を下げて後部座席に乗り込むと、遠峰が待っていた。僕の姿を見ていつものように苦笑する。

「そのコートはなんとかならんのか」

「はあ…まあ…」

高校時代から着ているコートだった。僕は衣服に構う方ではない。確かに、横に並ぶ遠峰や、乗り込んだベンツには不似合いな格好だが、僕はあまり気にしていなかった。

ベンツが静かに走り出してすぐに、遠峰は口を開いた。

「香原。お前にプレゼントがある」

「え？　プレゼント？」

「ああ。クリスマスってヤツだ。お前も大変だったろうからな。親父さんの件で。俺の店でもよく働いてくれるし」

遠峰に実家の事情を話したのは先週のことだった。今日のように食事に誘われ、飲んでいた時に、つい話してしまった。遠峰は同情するふうでもなくその話を聞いてくれて、僕はそれまで誰にも言えなかったことを話せて、心の整理がついたようでよかったと思っていた。

「そんな…いいですよ」

クリスマスなんて忘れていた。そういえば、スモークのガラス越しにも街のイルミネーションが光り輝いている。厳しい印象のある遠峰にクリスマスなんて似合わないけれど。

「いいから」

そう言うと、遠峰が微《かす》かに嗤ったような気がした。けど、遠峰は普段から決して笑わない男で、顔が笑っていても目は笑っていない。気のせいだったかと、僕は別段気にもしなかった。

しばらく走って、ベンツは住宅街の通りですうっと停まった。僕は店に着いたのだと思い、降りようとして車窓から外を見て、遠峰を振り返る。

「あの？　ここは？」

聞いてるうちにドアが開けられ降ろされてしまう。僕の目の前には、ひっそりとしたコンクリート造りの建物が建っていた。前面にかなり木が植えられていてその外観がよくわからないが、どうもマンションのようだった。

「入れ」

遠峰はそう言って背中を押す。僕はつられて中に入りながら、遠峰の家に来たのだと思った。

僕はいやな予感がした。

だいたい、僕はそれまでの不幸な過去から男の家に一人で行くことや、個室で二人きりになることを極力避けていた。遠峰を信用していたとはいえ、遠峰のマンションに入るのにはためらいがあった。

「どうした?」

オートロックを解除した遠峰が、入り口から動かない僕を見る。

「え…と。ご飯食べに行くんじゃ?」

「ここで食おう。用意させている」

ということは、遠峰の奥さんが待っているのか。僕は少し考えてから遠峰の招きにしたがって中に入った。やばくなったら逃げればいいし、もしいるのなら遠峰の奥さんを見てみたいという気持ちもあったのだ。

エレヴェーターで三階に上がる。最上階のようだった。人気はまったくない。ゆっくり上がったエレヴェーターが止まり、静かにドアが開くと、もうそこは遠峰の家の玄関だった。ペントハウスになっているらしい。

さっさと入ってしまう遠峰に続いて、僕は恐る恐る中に入った。信じられないような豪華な家。ハリウッド映画のセットのようだった。僕の実家は古い日本建築だったし、金持ちの医者の息子である三崎も目を見張るだろうと思った。

そして、何もかもが新しく感じる。引っ越してきたばかりなのだろうかと思い、周囲を眺めながら着いた先は広い居間だった。遠峰はスーツの上着を脱いで、大きな白いソファの上に放ると、続き部屋のダイニングの方に行ってしまう。

　大きなダイニングテーブルには誰が食うのだろう…というほどの量の食事が用意されていた。ホテルのフルコースのようなそれは、いい匂いをさせている。僕はダッフルコートを脱ぐと手に持ち、どうしたらいいかわからないまま突っ立っていた。

「そのへんに置いとけ。座れよ」

　言われてソファに腰かける。柔らかさに沈んでしまう高級なソファに埋もれながら、人の気配がしないことを考えた。

「遠峰さん。奥さんは？」

「俺は独身だが？」

　こっちも見ずに言う遠峰に、僕は足元にコートを置いた。いつでも逃げられるように準備する。情けないが、僕なりの防衛本能だった。

　遠峰はフルートグラスを二つ持って現れた。左手にはドンペリ。ソファの前の低い大理石のテーブルにそれを置くと、慣れた手つきでドンペリを開けグラスに注《つ》ぐ。細かい泡がピンク色の液体の中で踊るように泡立っている。

「ほら」

　背の高い遠峰が毛足の長い白い絨毯《じゅうたん》の上に座ると、僕と視線が同じくらいになる。僕は差し出されたフルートグラスを受け取って、乾杯する彼に合わせてグラスを鳴らし、一口飲んだ。

「なんのお祝いですか？　クリスマス？」

聞いた僕に、遠峰は飲み干してしまったグラスにボトルから注ぎ足しながら答える。

「お前が俺の愛人になる祝いだ」

思わず見上げた遠峰の顔は笑っていた。完全な嘲笑を見て取って、僕は咄嗟にフルートグラスを置いて足元のコートを持ち、立ち上がろうとした。

だが、実際にはグラスを置くこともできず、腕を遠峰のすごい力で握られた。

「気に入ったか？　このマンション。お前へのプレゼントだ」

「何…言ってるんですか…僕は…男です」

「男を囲うのは初めてだな。まあ、これほどの顔だったら男も女も関係ないか。身体の方はどうかわからんが」

「離して…」

遠峰の握る力は強くて、グラスを持つ手が震える。グラスの中でピンク色の液体が揺れて泡が音を立てた。

遠峰はそんな僕の手からグラスを取り上げると、一気にそれを口に含んで僕に口づけた。きつい炭酸を一気に流し込まれて、そのアルコール度数の高さからも、焼けるような喉を詰まらせる。

「んっ……はっ……はあっ…」

遠峰が口唇を離し、息苦しさに息を継いで彼を見上げる。両腕を握ったまま押しつけられて、乗り上がられた身体は身動きもできない。

「いい顔するな…」

遠峰はそう言うと、僕の着ていた衣服を一気に脱がした。さすがに抵抗したが、ものを言う暇もなかった。裸でソファに押し倒されて僕は焦りと恐怖でいっぱいになる。

「や…めてください……こんな……」

抵抗の言葉を口にすると、遠峰の鋭い視線に襲われた。厳しい眼差《まなざ》しに僕は背筋の凍るような思いをする。頭のどこかで防御本能が逆らわない方がいいと告げていた。

遠峰の目は、今まで抱かれた誰にもない、狂気のようなものを孕《はら》んでいた。抵抗を許さない眼差し。僕は見られただけで身体をすくませてしまう。

「んっ……やっ……」

大きな遠峰の身体にすっぽり包まれてしまう僕の身体を抱きしめ、ゆっくりと口唇を這わせる。性急で荒々しい雰囲気はまったくない。じっくりと探られるような愛撫はかえって辛かった。

そんなふうに肌の味を楽しむような愛撫をするかと思えば、後ろに回された指は無遠慮に中に入ってくる。前を弄られることもなく、濡らしもせずに入れられた指に、僕は痛みを感じて呻《うめ》き声をあげる。

「…っつ…んっ…」

遠峰は首筋や鎖骨を口唇で嬲《なぶ》りながら後ろの指を動かした。痛みに耐えていたはずの僕が熱い吐息を漏らし出したのはすぐのことだった。

「はっ……あっ…あっ……」

骨張った太い遠峰の指が内部で動き回る刺激は耐えようのないものだ。うまいと思った。初めて抱かれるのに指だけで感じたのは初めてだ。

中をかき回していた指がズッと去っていくのを、惜しむように内壁が締めつける。鼻先で息を吐いて閉じていた目を開けると遠峰が僕を見下ろしている。

「何人と寝た?」

答えようがなくて黙っていると遠峰はネクタイを外す。邪魔だというように放り投げてベルトに手をかける。

「淫乱《いんらん》な顔だと思っていたが相当だな」

カッとなって言い返そうとした時、遠峰が取り出したモノに僕は息を呑んだ。その大きさに恐怖心が沸き上がる。

「やっ…ムリ……」

脅えた心に身体が冷めるのはあっという間だ。だが、遠峰はすくむ僕を無視して、僕の片足をソファの背にかける。大きく開かれた股間に熱い塊が当てがわれる。

「力抜けよ。痛い思いをするのはお前だし、後で困るのもお前だ」

「んっ……っつ…」

グッと先を入れられ僕は呻く。必死で力を抜いて遠峰を受け入れようとしたが、彼が根元まで入れるのにはずいぶん時間がかかった。救いは遠峰が無茶をせずにゆっくり入れたことだろう。でないと、とても入るとは思えなかった。

「いいぜ。予想よりはるかにいい…。こんなギチギチなのに締めつけてきやがる…」

熱かった。遠峰が中にいるだけで、身体中が信じられないくらい熱い。薄く口を開いて息を逃がすが、こもった熱が体内を駆け巡る。

「あっ……ああっ……んっ…あっ……！」

遠峰が身体を揺するだけで声が漏れる。出し入れされたらもうだめだった。じわりと馴染んだ遠峰が引いては突っ込んでくる刺激に、僕は涙を流してしまう。

「や…っ……あっ…あんっ…あっ…んっ…」

ガクガクと揺すられ、遠峰の身体にしがみついた。足をからませて遠峰を奥まで受け入れる。腰を打ちつけられて最奥を突かれて、僕が達してしまったのはすぐだった。結局、遠峰が中で一回出す間に、僕は三回もイってしまった。

遠峰が僕から抜いて、衣服を整えるのをぼうっと見ていた。朦朧《もうろう》とした意識のままで、それでもここを出ていかなきゃと、だるい身体を起こして、遠峰に脱がされた下着とチノパンに手を伸ばすと、カチと遠峰がライターをつける音がした。見上げると煙草を咥えた遠峰と目が合う。

「腹が減ったな。飯食うか」

こんな状況で遠峰が言った言葉に呆れて目を伏せた。何を考えているのか。

「…帰ります」

「どこに？　お前の家はここだぞ」

「僕は忘れますから遠峰さんも忘れてください。僕はまだあの店で働きたいんで」

「お前を働かせるわけないだろう？」

チノパンをなんとか穿《は》き終えてセーターを手に取り、それを着ながら溜め息をついた。店を変わらなきゃいけないか…と、やっぱり面倒事になってしまったことに、自己嫌悪が襲ってくる。

「一度犯れば満足でしょう？　僕はダラダラ関係を続けるのが好きじゃないんです。男なんてものめずらしいだけでいいモンじゃありませんよ。すぐ飽きます」

一度だけで勘弁して欲しかった。だが、遠峰は三崎と同じ匂いがした。たいてい僕を強姦する相手は、抱くと僕に夢中になりすぎて、冷たいことをはっきりと言うと、その後は傷ついて去っていく。本当は抱かれている最中に傷つく言葉をかけるのが一番だったが、遠峰みたいにうまいと自分が夢中になってそれもできない。そのパターンでズルズルしているのが三崎だ。三崎のような男は僕の人生に一人だけでいい。

「そうか？　なら、あの三崎ってヤツは俺よりいいのか？」

遠峰が口にした三崎の名前を、僕は信じられない思いで聞いた。見上げる僕の顔はよほど青ざめていたのだろう。遠峰は僕の隣に座ると、大事そうに僕の顔を指先で撫でた。

「どうだ？　俺の方がよかっただろう？　あんな若造より…」

「な…んで…嵩史のこと…」

「なんでも調べはついてる」

そう言うと、動けなくなった僕の前で、遠峰は携帯電話を取り出すと慣れた手つきでボタンを押した。

「あ…どうも。遠峰です。夜分遅くすみません。…よかった。着かれましたか。今、ちょうど息子さんがいらしてるんですよ。ええ、代わりましょうか？」

誰と話しているのか。眉根を寄せた僕に鈍い色の電話が差し出され、恐る恐る出た僕に聞こえてきた声は、信じられない相手のものだった。

『光一さん？　ありがとう。お父さんが戻ってらしたのよ。会社も元通りだし、今日、彩香《あやか》と一緒に家にも戻れたわ。遠峰さんにはなんとお礼を言っていいのか…』

流れてきた声は、実家の母親のものだった。なぜ、遠峰が？　母の言葉の内容はまったく僕には意味不明だった。

「お母さん？　何言って……。お父さんが戻ってきたって…」

『だから、あなたが遠峰さんに頼んでくれたお陰で、遠峰さんの会社の方が捜してくださったの。お父さんは、疲れてお休みになってるんだけど、あなたに本当に感謝してらしたわ。負債も遠峰さんが肩代わりしてくださってこれからの経営も協力してくださるって…』

母の言葉が遠く聞こえる。言ってる意味がわかったようで、わからなかった。いや、わからないと思考が拒否している。

遠峰が実家の会社の経営に協力？　負債を肩代わり？

　ゆっくりと遠峰を見る。右端だけが笑った嘲笑。

『光一さん。遠峰さんにはようくお礼を申し上げてね。あなたが遠峰さんとお知り合いで本当によかった。お母さんも落ち着いたら東京にお父さんとご挨拶に伺いますから。光一さん？　聞いてるの？』

　遠峰を見たまま動けなくなってしまった僕から携帯電話を取り上げると、遠峰が母の声に答えた。

「もしもし？　…ええ。光一くん、お父さんが戻ってらしたのがよほど嬉しかったんでしょう。言葉が出ないみたいですね。ええ…香原社長にもよろしくお伝えください。光一くんは昨日話しました通り、私の家の方で…詳しいことはまた連絡させますので…はい。では、失礼します」

　パチンと電話を閉じて大理石のテーブルの上に置いた遠峰から目を離すことができない。頭の中にはどうして…という単語が回っている。

「ど…ういうこと……？」

「聞いた通りだ。お前の父親の会社の負債は俺が肩代わりした。これからの事業資金も俺が都合して、事業はすぐに再開だ。お前の母親と妹もあのアパートから元の家に戻ったし、何もかも元通りだ」

「そんな…なんで遠峰さんが……そんな…」

「お前、言っただろう？　親父の借金のために働いてるって。俺は自分のオンナを働かせるのが嫌いなんだ。俺の好きな時に顔が見たいからな。お前はここに住むんだ。実家の方には俺の子供の世話をするために同居してもらうと言ってある」

子供なんかいないのは一目瞭然《りょうぜん》だ。僕はいつの間にか、完全に遠峰に取り込まれてしまっていた。遠峰に自分の家庭状況を話した愚かさを後悔したが始まらない。パニックになる頭を押さえながら僕は遠峰に向かい合った。

「いや……だ…いやです。冗談じゃ……」

「じゃあ、それを言うか？」

遠峰がテーブルの上の電話を取って目の前に突き出す。僕はそれを見て手を伸ばしかけたが、耳の奥に今さっき聞いたばかりの母の嬉しそうな声を思い出し、冷たい指先をゆっくりとひっ込めた。

あの母にどう言えばいいのか。母も妹も僕が男に抱かれる人種であることを知らない。会社の倒産と父の失踪《しっそう》でひどく落ち込んで倒れてしまいそうなほどだった母。本当のことを告げて、僕が遠峰を拒絶したら今度こそ本当に倒れてしまうかもしれない。

俯いて、知らずのうちに噛みしめた口唇に遠峰が親指の腹を当てる。ゆっくりと縛《いまし》めを解くようになぞる。

「妹…彩香ちゃんか？　お前とは全然違って本当に純な子らしいな。それとも、抱けばお前みたいに変わるかな？」

「彩香に…何する気だ？」

「お前がここにいるなら何もしないさ。あの子は今まで通りお嬢さん学校に通えるし、大学にも行けるし、いいとこの坊と結婚してしあわせに暮らせるだろう」

僕は遠峰の言葉を最後まで聞かないうちにぐずぐずと倒れてソファの背にもたれかかった。嗤う遠峰の顔がゆっくりと近づいてくる。僕を横抱きにするように覆い被《かぶ》さった彼は、口唇の端に、頬に、熱い口唇で口づける。自分は吸わない煙草の匂いが漂って、伏せ目がちに見る目の前の男が急にリアルに感じられた。

「お前もだ。ここから大学に行って好きなだけ勉強でもなんでもすればいい。俺のものでいる限り、何も苦労はない…」

忍んでくる口唇を受けながら、もう、何も考えられない頭が思考を拒否する。僕はどうなるんだろう。

どうなってもいいような、そんな投げやりな気分で、背中を這う遠峰の指の感触を追っていた。


最悪な男に捕まってしまったとわかったのは、それから一カ月も経たない頃だった。

僕はそれまで住んでいたアパートを強制的に引き上げさせられ、バイト…家庭教師とバーテンのバイトも辞めさせられた。遠峰は麻布のマンションに一緒に暮らしてはいなかったが、始終訪れてきては僕を犯した。僕はそれまで幾人かの男に抱かれてはいたが、続いていたのは三崎だけで、それもそんなには親密ではなかったので、毎日のように同じ男に抱かれることに戸惑った。

遠峰はセックスがうまくて翻弄された。ホモではないし、遠峰を好きでもないのに、今さらながらに抱かれることだけに慣れていくのが怖かった。

なんとかして遠峰から逃げようとは思ったのだが、ネックは家族のことだった。麻布のマンションに囲われてから二週間後、両親と妹が上京してきた。菓子折りを持って、父など涙ながらに遠峰に礼を言う姿を見て、僕は何ひとつ言えなかった。遠峰の仕掛けた罠《わな》は巧妙で、父も母も何も気がつかずに実家に帰っていった。

それともうひとつ。遠峰から逃げられなかったのは、彼の仕事の内容を知ってしまったからである。

一緒にいればいやでも内容がわかる。遠峰が単なるビルや店のオーナー業だけを行っているのではないのは、すぐに知れた。

そして、それが暴力団関係の組織の仕事だということも。

遠峰に逆らえば、僕だけでなく、家族がどうなるかはわからなかった。せめて僕だけならば、自分で蒔《ま》いた種なのだし、どうにでもできる話だったが、家族に迷惑はかけられなかった。それを重々承知して遠峰が実家の援助を行ったのは明らかだったし、いやになるほど的を射た行動だったと言える。

僕に残された手段は、遠峰が僕に飽きることを祈るくらいだった。

勤めていた店での話や世間の風評では、遠峰は飽きっぽくすぐに女を変えることで有名だったし、僕は一緒にいても面白い人間ではないので、すぐに飽きてくれるだろうと思った。だが、遠峰は僕に飽きなかった。いつも遠峰と一緒にいる秘書の矢沢《やざわ》さんの話では、半年以上続いたのは僕が初めてらしかった。

僕は国家公務員試験はもちろん諦《あきら》め、就職活動さえも諦めなければいけなかった。遠峰は僕が働くのを許さなかったのである。

いつまで続くのか想像できない生活に、僕はどうしたらいいのかわからなくなっていた。いつまで経っても男を好きになんてなれなかったし、先の見えない建設的でない人生は僕の気持ちを暗くさせるだけだった。

そんな僕に朗報がもたらされたのは九月。遠峰に囲われてから十カ月という月日が過ぎていた。遠峰が仕事の都合で（どんな仕事だかはわからないが）香港に行かなくてはいけないという知らせが舞い込んできたのだ。


夕方、混み合う道路を縫うようにして進んだベンツの中では恐ろしいほどの沈黙が流れていた。後部座席に並んで座る遠峰と僕との間には、一言たりとも会話はなかった。僕は遠峰の怒りが恐ろしくて口が開けなかったし、遠峰は何を考えているのかわからない顔でじっと一点を見つめていた。運転手も助手席に座るボディガードも無駄口を叩くようなバカな人間じゃない。

車が向かったのは以前に囲われていた時、住んでいた麻布のマンションではなかった。車窓から見える道路標示で、広尾《ひろお》にいるのだと知れる。スピードを落とした車は、住宅街の中の一軒の家の前でいったん止まると、スーッと自動的に開いた鉄製の門扉をくぐる。外からはまったく中がわからなかったが、鬱蒼《うっそう》と生い茂る木々に隠れてひっそりと古い洋館が建っていた。アプローチになった玄関前につけられた車から、僕は有無も言わせてもらえないまま、降ろされた。

「新しい家だ」

観音開きの玄関の扉を開ける遠峰に促され中に入ると、ホール中央に階段がある。腕を捕まれたままそれを上り、真正面の部屋に突き飛ばされるように入れられた。

中は寝室だった。大きなキングサイズのベッドを見て、恐怖に似たものが沸き上がる。遠峰があの程度で怒りを収めるわけがないと、僕は少しずつ遠峰から離れながら彼を見て言い訳を始める。

「僕は…ちゃんと働きたいんだ。黙って引っ越ししたり就職したのは悪かったけど、大学卒業したら就職するのは当然だし…他にやることもないし…」

「就職か…。それで？　もうあの氷室とかいうヤツに犯らせたのか？」

目眩がした。遠峰にどこまで知られているのか。今日食べたものまで知っていそうで怖かった。

「…してないよ。会社の人間と簡単にするほどバカじゃない…」

ギリギリまでされたのは黙っていた。遠峰なら知っているのかもしれないが、嘘は言っていない。

じわじわと遠峰から離れて後ろに進んでいった僕は、気づいた時には窓際に追いつめられていた。遠峰は一定の距離を保って僕を見ている。逃げ場がないままに遠峰を見つめると、煙草を取り出して不機嫌そうな声で言われた。

「脱げ。その趣味の悪い服を見ていると腹が立つ。三崎か？　そんな趣味の悪い服を着させるのは」

遠峰は趣味はいい。三崎のようなこれ見よがしの極彩色など死んでも着ないし、いつも上等の生地を最上級の腕で仕立てさせたスーツを着ている。今、遠峰に一言でも逆らうのはマズい。僕はゆっくりとスーツの上着を脱ぎ、ネクタイを外し、ベルトを外してズボンを落とした。シャツ一枚の姿で黙って立っていると追い打ちをかけられる。

「全部脱げ」

その言葉に、溜め息をひとつついて言われた通りにした。シャツを脱ぎ、靴下を脱ぎ、下着を脱ぐ。裸で立っていることにいたたまれなくて、俯《うつむ》くと、白い足にある紅い椿が目に入る。

何げなく顔を上げると遠峰も同じことを思ったらしく、僕の足をじっと見ていた。くゆらせていた煙草を指先で捻《ひね》りつぶしてから投げ捨てる。

遠峰が近づいてきても逃げることはできなかった。視線を合わさないように俯いて立っているのが精一杯だ。彼は僕の前まで来ると、跪《ひざまず》いて僕の膝を持つ。白い足に咲く椿を赤い舌先で舐《な》める姿が目に入って、僕はきつく目を閉じた。

「っんっ……あっ……」

舐められるだけで全身に震えが走る。吸われて、思わず遠峰の頭を摑《つか》んだ。耐えきれない感触に身体を捩っても、がっちりと遠峰に押さえ込まれている足は動かしようがない。執拗《しつよう》に舐められて、立っていられなくなったのはあっという間だった。

「あっ……やっ……ん…」

遠峰が手を離すと僕は床に崩れ落ちた。身体中を駆け巡る熱さを耐えようと蹲《うずくま》る僕の腕を取ると、遠峰は乱暴に引き上げてベッドに運んだ。ベッドの上に上半身だけ押し倒されて、高い位置のマットレスから膝から下だけを垂らした体勢で遠峰は僕の身体を開いた。

床の上に跪いている遠峰は僕の腿《もも》を押さえ込んで椿をあらわにする。肘《ひじ》をついてなんとか起き上がると遠峰が椿を舐めるのが見えた。

「や…めて……いやだ……」

「これを入れてやった時に言わなかったか？　お前は一生俺のものだって」

椿を入れられたのは遠峰が香港に発《た》つ少し前だった。遠峰の軽井沢《かるいざわ》の別荘に連れていかれて、そこに用意されていた彫師に時間をかけて彫られた。

僕が一番弱いとわかってる場所に入れるように指示したのは遠峰だ。僕は彫師にそこを触られるだけで身体を熱くしてしまい、死にたいくらい恥ずかしかった。でき上がった彫りものに遠峰はいたく満足したが、僕は余計に敏感になってしまったそこに憂いしか覚えなかった。

「んっ……もう……やっ……」

遠峰が吸ったり舐めたりする刺激に、僕自身はすっかり勃《た》ち上がってしまう。崩れ落ちそうになる肘をなんとか支え、遠峰に許しを乞うが彼はやめない。視界にうっすらと入る内腿はピンク色に染まっている。触られることもなしに、そんなところだけでイってしまう自分は耐えきれないほどいやで、僕はそこを遠峰に嬲《なぶ》られたくない。

誰にされても感じるが、遠峰に舐められるのは格段に違う。遠峰のものであるという印。所有者であることを主張する行為が余計僕を昂らせる。

「あっ……んっ……だめ……っ…」

せつない溜め息をこぼしながら、涙を流して僕は達した。遠峰は一度も僕自身には触れなかったのに。腹を汚して荒く息を吐く僕は起き上がっていることもできなくて、ベッドに倒れ込んだ。遠峰は僕を引きずり上げると上に覆い被さる。

「光一。なぜ逃げた？」

耳元で囁《ささや》かれるように聞かれた言葉に、僕は答えられない。荒く息を吐いていた口唇を閉じて顔を背けると、遠峰がクスリと笑うのが聞こえた。

「あ……っ……」

いきなり後ろに入ってきた指に一際高い声をあげた。遠峰の太くて長い中指が中をかき回すように動くと、アパートで遠峰が中に出したモノがドロリと外に漏れた。それが潤滑剤の役目を果たして、二本目の指もすんなり受け入れてしまう。

「んっ……あん…っ」

熱く潤んだ内部を指先で擦《こす》られて、また荒い息が漏れた。緩やかに開いた口唇に遠峰が口づける。久しぶりの遠峰のキス。三崎のそれにも慣れていて追い上げられるけど、遠峰とは寝てる数が違う。十ヵ月もの間、毎日のように抱かれていたのだ。

「あ……あっ…ん…忍…」

長い指が出し入れをくり返し、僕が感じるとわかっている場所を突くたびに身体に走る衝撃に耐えきれなくなってきて、遠峰の名前を呼んだ。遠峰は感情のない瞳で僕を覗《のぞ》き込んでくる。

「どうした？」

「…い…や…」

「いやじゃないだろう？」

言葉を促すように聞いて、遠峰は深いところを突いてくる。達したばかりなのに、また感じて勃起してしまう感覚が痛くて。それでも我慢できない欲求が身体の底から沸いてくる。

「んっ…忍ぅ……」

懇願するみたいに遠峰の太い首に抱きついた。耳元にキスをしながら遠峰のネクタイの結び目を解こうとすると、手首を握られて離された。

「光一。言葉が足りないんじゃないのか？」

首に回していた手も離されて、上から冷たい口調で言ってくる遠峰の顔は真剣だった。冷たい瞳。それが怖くて身体がすくむ。

「……」

「俺に言うことがあるだろう？」

僕は何も言えなくて口唇を結んだ。遠峰は何も言わない僕を一瞥《いちべつ》すると、後ろに入れていた指を引き抜いた。熱く熟れた内部がジンジンしている。無骨なくせにいやなほど繊細な動きをする指先が、精液でどろどろになってる入り口を撫《な》で回す。

「…ぅ…んっ…」

「光一？」

指先を少しだけ入れてはすぐに出す。そのたびに孔がギュウっと窄《すぼ》まる。駆け巡る快感に身体中を犯されて、僕は涙を浮かべた。それでも何も言えなくて、身体を横向きにして丸くなって耐えようとした。

けれど、すぐに遠峰に阻止されて逆に膝を立てて足を開かれてしまう。

「言えないか？」

わざとらしく椿を撫でる掌《てのひら》に、身体が大きく跳ねた。僕は涙を流して小さな声で言った。

「…ごめ…んなさい…」

「何が？」

「……逃げて……ごめんなさい…」

涙が溢《あふ》れてこぼれていく。歪《ゆが》んだ視界の中に遠峰の無表情な顔が見えた。僕は怖くて視線を外して顔を背ける。そんな僕の横顔に遠峰が顔を寄せて囁いた。

「二度とするなよ」

低い声。僕は頷《うなず》くしかなくて、小さく震えながら顎を落とした。遠峰はそれに満足したのか、ネクタイを引き抜き、ベルトを外して自分のモノを取り出す。思わず見てしまった遠峰のモノの大きさに、背筋が震える思いがした。

普段は恐怖しかなくて、最初は辛くしかなかったものなのに、こうやってゆっくり身体を嬲られるとどうしようもなく欲しいものになる。

「忍……」

名前を呼ぶ声が甘い。自分でもいやになるほどの媚《こ》びた声。遠峰は冷たい目をしたまま嗤《わら》いを浮かべて僕の右足を持ち上げた。

「んっ……ああっ…」

遠峰が中に入ってくる感覚。アパートでいきなり入れられた時とは違い、待ち望んで入ってきたモノの大きさに熱い溜め息をついた。

「あっ…！」

最奥まで挿入した遠峰がいきなり僕の上半身を持ち上げる。自分の重みでさらに身体が開かれて、高く叫び声をあげてしまう。

「そんなに締めつけるほど欲しかったのか。さっき犯ったばかりなのにな」

「…っん…っ…」

遠峰の首筋に抱きついて彼の耳を催促するように噛《か》む。下から突き上げて欲しくて。動かない遠峰が焦《じ》れったくて。自然と揺れてしまう腰に、遠峰が嗤った。

「逃げたくせに欲しがるなんて、お前は本当に淫乱だ」

「…っ…つ…」

再び涙が溢れた。僕は本当は遠峰に抱かれることを望んじゃいない。こうやってどうしようもない状況に追い込むのは遠峰なのだ。あのまま逃げきれれば、僕は一生遠峰なんかに抱かれなくたって平気なのに。

けれど。

目の前の快楽を欲する心に勝てなくて、僕は何を言われても遠峰を求めてしまうから。

「…んっ…し…のぶ…。お願い……」

「俺は誰よりもいいだろう?」

「うん……」

事実、遠峰に抱かれるのが一番感じた。寝た回数もさることながら、遠峰のセックスはうまかった。僕は完全に遠峰の身体に溺《おぼ》れていた。それは遠峰に指摘されるまでもなく、よく

わかっていた。遠峰を拒否したいと思う一方で、抱かれると狂ったように遠峰を求めてしまうのを止められない。

だからこそ。

僕は遠峰から逃げなくてはいけないと、強く思っていた。

遠峰に朝方まで抱かれていた僕が、慣れないベッドで目を覚ました時には、室内は薄明るくなっていた。ベッドから降りて窓を塞《ふさ》いでいる遮光カーテンを開ければ明るい日差しが差し込んでくる。室内に時計はなく、何時なのかわからないが、太陽の光の強さは昼近くだ。

遠峰はいなくなっていた。疲れ果てて寝てしまった僕は彼が出ていったのにも気づかなかった。僕は床に落ちていたシャツを拾うととりあえずひっかけて、いやな予感を持ちながら部屋のドアのところまで行った。ドアノブを回すと、予想通り鍵が外からかけられている。閉じ込められているのがわかると憂鬱が増した。

寝室にはキングサイズのベッド以外には壁際のチェストくらいしかない。窓はすべて開けることのできない嵌《は》め殺しだった。完全に逃げることはできそうにない。

僕は溜め息をつくと、部屋に続いてあるバスルームに入り、浴槽に湯を張って浸かる。ここに連れてこられた時から、遠峰が僕をここに閉じ込めるつもりなのは大方予想していた。

遠峰はそういう男だ。前にも一度、あれは囲われてから半年ほど経った時、いつまで待っても僕に飽きない遠峰に焦れて、出ていくと切り出したことがあった。結果は今と同じ。閉じ込められて、その閉塞《へいそく》感に耐えきれずに一週間もしないうちに遠峰に許しを乞うたのは僕の方だった。

遠峰が香港に行くと聞いた時に、僕はどれほど喜んだかわからない。連れていかれるのでは…という危惧《きぐ》もあったが、遠峰は僕が大学に行くのに拘《こだわ》っていたので、きちんと卒業しろと言って一人で香港に旅立った。その時にもちろん、クギはたくさん刺された。就職はするなだとか、麻布にずっと住んでいろだとか、他の男に犯らせるなだとか。

僕が守ったのは、他の男に犯らせないことだけだった。だが、それは別に遠峰への義理立てというわけではなくて、僕は元々ホモじゃないのだ。向こうからの強姦という形以外で男と寝たことはない。

遠峰が発ってから僕は真剣に遠峰から逃げる手段を考えた。足取りがわからないようにと、遠峰の知らない相手に（実際は知られていたが）中野のアパートを見つけてもらい、すぐに麻布のマンションを出た。そして、大学を卒業するのだから働かなくてはいけないと、就職口を捜し、今の会社の内定をもらった。

すべてが男の世話になる形だったが、僕は気にしなかった。遠峰から逃げられるならどんな手段を使ってもいいと思っていた。

僕は逃げきれると思っていた。実家へも連絡はしなかったし、大学の関係者にも住んでるところは決して言わなかった。遠峰とは縁のないまともな会社で、遠峰とは縁のない地味な街でひっそりと暮らしていれば彼の目に留まることもないだろうと。彼も僕のことなど忘れていくだろうと。そう、思っていた。

甘かった。そう思うと、身体中に疲れが広がる。僕は浴槽に身を沈めるとそのまま溺れてしまいたい気分で溜め息をついた。


遠峰がやってきたのは、日も暮れて外が真っ暗になった頃だった。時計もなく、時間のわからない薄暗い部屋で僕は疲れきってベッドに寝転がっていた。ドアの鍵を外から開ける音がしてベッドから起き上がる。灯される電灯に目を瞬《しばた》かせて入り口のドアを見ると、入ってきた遠峰の後ろから秘書の矢沢が一緒に入ってくる。

「そっちに置いといてくれ」

「社長。食事は？　用意できてますが、運びますか？」

「…いや。下で待ってろ」

矢沢は手にしていた数個の紙袋をソファテーブルの上に置くと、ベッドの上の僕をチラリと見て、微笑んでから部屋を出ていった。久しぶりに会う彼に挨拶くらいはしたい気分もあったが、この状況で微笑まれても僕は返すことはできなかった。

矢沢はわからない人物だ。遠峰の腹心の部下として、仕事はすごく優秀みたいだが、無口で何を考えてるのか読めない。歳《とし》は四十くらいだろうか。いつも地味なスーツ姿で、大手町あたりを歩いていたら普通のサラリーマンに埋没してしまいそうな容姿。だが、眼鏡《めがね》の奥の細い目は決して感情を表さなくて、カタギではない匂いを振りまいている。

「服を買ってきた。後で包装を解いておけ」

遠峰は言いながらベッドまで歩いてくると腰かける。遠峰が怒るから着れないスーツしかなく、仕方なくバスローブ姿でいた僕にはありがたかったが、サラリーマンの生活を始めた僕は並んだ紙袋のブランド名を見ただけで目眩《めまい》がした。あれだけで僕の半年分ほどの給料が飛んでしまう金額に違いない。そう思うとやりきれなかった。

煙草を取り出す遠峰に言いたいことはたくさんあるが、何からどう言っていいのか…と悩んでいると、彼の方が先に口火を切る。

「中野のアパートは始末した。明日、会社の方には辞表を出しておく」

「な…」

信じられない思いで遠峰の横顔を見た。けれど、以前、麻布で囲われた時もそれまで住んでいたアパートを勝手に始末された経験のある僕には、またか…と思う気持ちも湧いてくる。

「…全部捨てちゃったの？」

「いるものがあるなら矢沢に言え。全部揃《そろ》えさせる」

僕が言ってるのはそういうことじゃない。隠れて住んでいたのでそんなに愛着はなかったが、それでも自分でいろいろ揃えて暮らしていた部屋だ。遠峰には通じない思いだろうけど。

溜め息をついて、いつもみたいに諦めをつけようとした時。ふと、思い出した。

「ねえ。テーブルの上にあった書類…茶封筒に入っていたヤツ。あれ、会社に出さなきゃいけないんだ」

そうだ。菱沼さんに持ってきて…と言われて、それを取りに戻って遠峰に捕まったのだ。拉致《らち》された僕は何もかもをアパートに置いてきてしまっていた。

「辞める会社だ。関係ないだろう」

「辞めるって…」

眉を顰《ひそ》めて遠峰を見ると、冷たい視線で見返された。それに少し怯《ひる》んだけれど、一度言ってみるだけ言ってみようと思い、口を開く。

「勝手に決めるなんてひどいよ。僕は一生懸命…」

「言っただろう？　就職するなって」

「僕の人生だよ。忍には関係ない範囲だってある。僕は働きたいんだ」

「たかだが二十万や三十万のためにお前を働かせると思うか？　それにわかってるのか？　お前みたいなヤツが普通の会社勤めができるわけがない。山下とかいったな。あいつみたいな犠牲者をまだ出す気か？」

犠牲者なんて…。まるで僕が加害者みたいじゃないか。

「金が欲しいならいつでも言え」

そう言って、遠峰はいやがらせのように厚い財布を僕の前に放り投げた。遠峰は何もわかってくれない。遠峰にわかれと言う方が無謀なのだろうが。

再び大きな溜め息をついて俯いた僕に構わず、遠峰はベッドから立ち上がった。

「着替えて下に来い」

短く言って煙草をサイドボードの灰皿に押しつける遠峰に目をやり、僕はこれだけは譲れないと決意して口を開いた。

「忍。書類だけ会社に持っていかせて」

「だめだ」

「お願い。辞表も…僕が出してくるから」

僕が何を言っても遠峰は会社を辞めさせる気だろう。というよりも、僕はここから当分の間出してはもらえないだろうし、遠峰が日本にいる間中、監視がつくことになる。会社なんて絶対に行ってられないのだ。

だから、諦めをつけるしかなく、せめて菱沼さんに頼まれた書類だけでも手渡したかった。

遠峰は考えたまま僕を見て何も言わない。

「お願いだよ。一人で行かせるのがいやなら誰かつけてくれてもいいし、……逃げないから」

心の底では逃げられるものなら逃げたかった。でも、現状では絶対に無理な話だし、目の前の要求を飲んでもらうにはそう言うしかなかった。

遠峰はしばらく沈黙した後、「矢沢と行ってこい」と言い残して部屋を出ていった。僕は少しだけほっとした心を抱えてベッドに倒れ込む。とりあえず、明日出かけることはできそうだが、その後はずっとここで暮らしていくのか。そう思うと暗い気分が立ち込めてくる。

麻布で暮らしていた頃と同じ…いやもっとひどい気分だった。あの時も先が見えない未来に悲観しながら暮らしていたけれど、遠峰が香港に行き、麻布を出ることができた。自分一人で暮らし始めて、いつも逃げているという負の部分があったものの、まだ先は明るく見えた。

けれど今は…。完全に絶望した気分で埋めつくされている。

一度逃げた僕を遠峰は完全には許しはしないだろうし、監視を強めるだろう。僕はもう遠峰から逃げられないのかもしれない。

今さら、自分が不幸だと思うこともなくなった年齢だったが、さすがに落ち込んでしまいそうな事実だった。

流す涙はもうなかったけれど。


あくる日。矢沢が僕を迎えに来たのは夕方になった頃だった。外から鍵をかけられた部屋に閉じ込められ、時計もない部屋では時刻もわからなかったが、窓から見える太陽は夕暮れの色を示していた。

矢沢が午前中に来るとばかり思っていた僕は、用意をして待っていたのだけど、朝と昼に食事が運ばれてきただけだった。給仕をしている人間に「矢沢さんは?」と聞いても答えてくれなくて。僕とは一切話すなと教育されているらしい。

「光一さん。遅くなりました」

矢沢は僕の部屋にあった茶封筒を手にしていた。僕はそれを受け取り、中身を確認してから矢沢に連れられて部屋を出た。

先に行く矢沢が玄関を開けると、黒光りする大きなベンツが停まっていた。全面スモーク貼りの車のドアを開けてくれているのは遠峰のボディガードだった。何人もいるので全部は覚えきれないが、全員、これでもかという体格と顔の怖さだけは共通している。

運転手と助手席のボディガード、矢沢と僕の四人を乗せて車は走り出した。車からは外を行き交う人々が見える。僕は当たり前の自由が羨《うらや》ましかった。何もしていないのに、まるで囚人のような生活。僕はいつまでこんな生活を送るんだろうか。

「辞表はどうされますか？　こちらで用意したのもありますが」

「僕が書いたのがあるからいい」

封筒と便箋《びんせん》を用意させて朝から書いた辞表には「一身上の都合」と書いた。これが受理されようがされまいが、僕が二度と会社に行けないのは事実なので、退職するのに変わりはない。

車は夕方の渋滞にも巻き込まれず、二十分ほどで会社に着いた。僕は手前で停めてくれるように頼んだのだが、遠峰の命令らしく聞き入れてもらえなかった。正面玄関のエントランスに乗りつけられ、ドアを開けられて降りた僕は、周囲から好奇の視線を浴びて恥ずかしかった。

「一人で行ってくるから」

「私も行きます」

「大丈夫だよ。逃げたりしないから」

「社長の指示ですので」

無機質な口調で言われて、僕は何も言えずに黙って歩き出した。その少し後ろを矢沢とボディガードがついてくる。二人ともがきちんとしたスーツを着ているのに、普通の雰囲気じゃない。イヤホンと隙《すき》なくあたりを窺《うかが》う体勢が、ますますそれを増していた。それに、僕の格好だって普通のサラリーマンにはとても見えない。遠峰が買ってきてくれた服しかなく、当然、それまで会社に着て通っていた普通のスーツなどではなかったから。できるだけ地味に見えるようにと黒い服を選んだが、効果を上げているとは思えなかった。

考えても今さらしょうがないかと諦め、僕はエレヴェーターに乗った。建設部の階数ボタンを押しながら、辞表は誰に出せばいいのか…と思う。やはり上司である氷室なんだろうが、人事部じゃマズイのか？　氷室には会いたくないのだけど。

そう思ってるうちにエレヴェーターが二十五階に着いて、僕は背後の二人を気にしながら降りる。夕方、営業先から戻ってくる人間が多く行き交うフロアで、僕たちは異質すぎてジロジロ見られてしまう。そんな視線を全部無視して、僕は自分の課に向かった。

「香原くん！」

ちょうど、課の入り口で給湯室から出てきた菱沼さんと出会った。中に入らなくてよかったことに安堵《あんど》して、僕は持っていた茶封筒を差し出した。

「菱沼さん。遅くなってすみませんでした」

「ううん、いいけど。どうしたの？　昨日も今日も無断欠勤なんて何かあったの？」

心配そうな顔で言ってくれる菱沼さんを見てると心が少しは和む。だけど、この顔を見るのももう最後なのだ。

「心配かけてすみません。実は諸事情で会社を辞めることになりました」

「嘘でしょ？　だって、この間入社したばかりなのに…」

「皆さんにはお世話になって…。菱沼さんには特にお世話になりました。ありがとうございました」

「香原くん…」

いったいなんて言ったらいいのかわからないという表情をする菱沼さんに、申し訳ない気分になってできるだけ優しく微笑みかける。戸惑う彼女についでと思い、辞表を上着のポケットから取り出して手渡した。

「これを課長に渡しておいてください」

「そんな…。皆に挨拶していかないの？　課長だって知らないんでしょ？」

「急いでますので」

菱沼さんや他の皆だけなら送別会でも開いて欲しい気分だが、氷室はごめんだった。これ以上の厄介事は抱え込めない。

そう思ってる時に限って、厄介は向こうからやってくるものだ。

「香原？」

背後から呼びかけられた声に、僕と菱沼さんは振り向いた。廊下の向こうに、驚き顔で氷室と課の先輩が立っている。ちょうど出先から戻ってきたところらしい。もっと早くに来て帰るんだった…と後悔しつつ、僕は向き直った。目立たないように廊下の端に立っている矢沢たちの横を通り過ぎる時、氷室が訝《いぶか》しげに眉を顰めるのが見えた。

「どうしたんだよ？　風邪でもひいたか？」

先輩である村上の言葉に首を振り、ここまで来てはしょうがないかと、菱沼さんに渡した辞表を氷室に渡す。

「一身上の都合で退職することになりました。これを…」

氷室と村上は驚いた顔で僕を見つめる。

「どういうことだよ？　お前、まだ新入社員ってヤツじゃんか」

「香原。ちょっと来い」

氷室はそう言うと、背後の矢沢たちを一瞥して、僕の腕を取り廊下の奥へと連れていく。

「どういうことなんだ？」

菱沼さんたちとも矢沢たちとも離れ、声が聞こえないような距離なのを確認して、僕は口を開く。

「聞いてませんか？　嵩史から？」

「三崎くんから？　何を？」

三崎はすべてを氷室に話したのだと思っていたが、違うようだった。確かに、全部のカードを一気に見せてしまうような愚かさは三崎にはない。

「氷室さん。見ましたよね？　僕の足…」

尋ねて氷室を見上げると、椿を思い出したかのように氷室が緊張した顔で頷く。

「あんなの普通の人間にはないですよね？　いくら、タトゥーが流行《はや》りだからって、あんな精密な入れ墨を入れる人間は少ないですよ。ある種の人間以外は…」

「お前…」

氷室は息を呑《の》んでチラリと廊下の向こうを見やった。イヤホンを嵌めて外の運転手と連絡を取る屈強な男。携帯電話で話をしている矢沢。どちらもが外見だけで答えを出していた。

「僕は違いますよ。カタギの人間です。でも、…僕を囲ってる男が……。おわかりいただけますよね？」

「香原…」

「自由時間は終わりだそうです。氷室さん。僕に手出ししない方がいいですよ。どんな災難が降りかかってくるかわからない」

お世話になりました…と頭を下げ、僕は呆然としている氷室を置いて菱沼さんたちのところへ歩いていった。菱沼さんにもう一度お礼を言うと、僕は矢沢のもとに歩いていく。「渡したよ」と短く告げると、矢沢は頷いて、戻りましょう…と低く言った。

二度と来ることはない会社をじっくり見ながら歩いていった。この会社に初めて来た時、大会社に就職できたとかこの不景気な時に就職口があったとかを喜ぶ以前に、僕は自由に一人で歩いていけるのだと喜んだ。それを思い出して、暗くなってしまう気持ちを抑えようと頭を振った。

正面玄関に堂々と停められていたベンツに乗り込み、会社を後にする。後部座席の背もたれに背中を預けて溜め息をつく僕に、矢沢が横からポツリと言った。

「あのお嬢さん、同僚の方ですか？」

「…先輩だよ」

「可愛らしい方ですね」

矢沢が個人的な感想を漏らすのはめずらしい。けれど、もしかして誘導尋問で遠峰に報告などされるのでは…と疑って、僕は相槌を打てずに黙っていた。

そんな僕の気持ちを矢沢はすぐに察して、小さく首を振る。

「大丈夫ですよ。社長には何も言いませんから」

「…矢沢さんの好みなの？」

「そうですね」

曖昧《あいまい》に頷くと、矢沢は鞄から書類を取り出した。矢沢が結婚しているという話は聞いたことがない。だいたい、この矢沢が結婚しているとしてどんな奥さんとどんな家庭を持っているかなんて、想像もできない。

「僕は…菱沼さんみたいなお嫁さんをもらって平凡な家庭を作るのが夢だったんだ」

「そうですか…」

ポツリと言った本音に、矢沢は複雑そうな声音で答えた。普段は恐ろしく無口なのだが、時折、こうして話す矢沢は遠峰よりもはるかに近く感じる存在だ。しかし、矢沢は何よりも遠峰を第一に考えている。だから、僕たちはわかり合えることはないのだ。

車窓から外を見ると、すでに暗くなった町並みが見えた。渋滞に巻き込まれたとしても三十分ほどで家に着いてしまうだろう。憂鬱な生活が僕を待っている。沈んだ気分に溜め息をつきながら街を眺めていると、車がゆっくりと交差点を曲がった。


屋敷に戻り矢沢に部屋へ連れていかれると、そこでは遠峰が待っていた。矢沢以外に一番よく見かける男の秘書と一緒で、ソファテーブルの上に書類とラップトップのパソコンを広げて仕事の話をしていた。仕事といっても遠峰の仕事なんて知りたくもない内容のものばかりだ。僕たちが中に入ると、遠峰はすぐに秘書にテーブルの上を片づけさせた。

「置いてきたのか？」

「うん」

書類の件か辞職願いの件かわからなかったけれど、曖昧に頷いて遠峰の横を通り過ぎ窓際から外を眺めた。真っ暗で庭の様子は見えなかった。遠峰は秘書を下がらせ、矢沢と少しの間打ち合わせをしてから彼も下がらせた。

「光一」

名前を呼ばれて振り向くと、遠峰が僕を見ていた。僕は目を伏せて、ゆっくりと遠峰が座っているソファへと歩いていく。

「お前が働く必要はないいんだ。わかるな？」

「…うん」

「余計なことを考えるな。俺のモノでいれば、なんの苦労もない」

頷く僕に遠峰は満足して、腕を取って彼の膝上へと僕を乗せる。冷たい表情のままで僕に口づける遠峰を見ながら、なぜなんだろう…という気持ちがまた沸き上がってくる。

遠峰が実際のところ、僕のことをどう思っているか。彼の中に僕に対する愛情めいたものがあるのか。それはいつまで経ってもわからない謎のひとつだった。

遠峰は僕に好きだとか愛してるとかいう言葉を一度も向けない。僕自身、男を好きになるなんて一生ないだろうし、遠峰の他の愛人もすべて女性だったから、遠峰だって男が好きなのだとは言えないと思う。

遠峰の僕に対する感情で、理解できるものは、執着の一言に尽きた。

そして、なぜ、そこまで僕に拘るのか。

ぼんやりとながらそのわけを知ったのは、遠峰が香港に発つ前。一生消えない傷を負わされた、寒さの深まってきていた軽井沢での出来事だった。

その頃僕は、遠峰に囲われていて、麻布のマンションから大学へ通学するという毎日を送っていた。人身御供のような自分の状況を、何をもっても打破できず、鬱な日々だった。

だが、九月も終わりのある日、遠峰は僕に言った。

「香港に行くことになった」

麻布のマンションの豪華な居間で、白いソファに腰かけるなり、そう言った遠峰を、僕はダイニングに行きかけた足を止めて振り返る。自分が何を聞いたのか、すぐには理解できなかった。

「何？　忍…」

自分の長くはない人生の中で、一番よく寝てる人間を名字で呼ぶこともできなくて、僕は遠峰のことを名前で呼ぶようになっていた。毎日のように抱かれていて、いちいち「遠峰さん」とも呼んでいられなかったのだ。

「仕事の関係で、しばらく香港に行かなきゃならなくなった」

遠峰の眉は顰められている。彼がそれを歓迎していないのを物語っていた。僕はといえば、心中、複雑な思いでいっぱいだった。

旅行で海外に連れていかれたことは、それまでに数度あったし、香港へも同伴させられるのかと思ったのだが、「仕事で行く」とわざわざ断るのは初めてだ。しかも、「しばらく」。どれくらいの期間なのか。僕は大学の後期の授業が始まったばかりだったし、卒論も大詰めに入っていたので、困るな…と、漠然と思った。遠峰に同伴を求められたら、とても断るなんてできるわけがない。僕の意見などまったく無視で、飛行機に乗せられるのがオチだ。

僕は困惑した顔で踵《きびす》を返すと、遠峰の座るソファまで歩いていった。遠峰の前に立ち、彼の顔を見下ろす。

「いつから？」

「来月…だな。こっちの片づけもあるし…」

来月。多く見積もっても一月ほどしかない。それで卒論を仕上げるのは到底無理な話だ。悩んでいると、遠峰が手首を持って、自分の上に座らせる。素直に遠峰の膝の上に乗ると、僕の髪を撫でる。

「お前は連れていかない」

「え…」

遠峰の意外な一言に、僕は目を大きく見開いて彼を見つめる。

期待に胸が高鳴った。待ち望んでいた日がやってきたのか。遠峰が僕に飽きる日。心臓が高鳴って、口唇が乾く。解放への喜び。

だが。そんなわけはなく…。

「大学を卒業する方が優先だ。卒論の進み具合はどうだ?」

遠峰から返ってきた言葉に、僕は見た目には表さなかったが、非常に失望した。遠峰はいったいいつ僕に飽きて解放してくれるのだろう。幾度となくついた溜め息を内心でつき、遠峰に答える。

「ちゃんとやってるよ」

「そうか。大学院への進学はどうなった?」

遠峰は意外にも、僕の学校生活に深い理解を示していた。それどころか、積極的に大学へ通わせてくれていた。

本人の口から聞いたことはないのだが、どうも、遠峰には学歴コンプレックスのようなものがあって、一応、日本での最高学府に在籍している僕の学業を、大事に思ってくれているらしい。遠峰は大学院への進学も熱心に勧める。だが、僕は勉強が嫌いなわけではないが、好きな方でもないので、お茶を濁していた。

「やっぱり、考えたんだけど、今のゼミの内容はついていけないよ。法学自体に興味が持てないし。覚えてしまえば、机上の理論でしょう?」

「まあな。弁護士になるくらいだな」

「司法試験受けるつもりないし。上に行くなら他の学部に行きたいから、準備とか…。僕、いろいろバタバタしてたから…」

暗に、遠峰のことを非難したつもりだったが、遠峰に通じるはずもなく。そのまま、抱かれてしまい、香港行きの話は宙に浮いた形となった。

その後、遠峰は香港行きの話を口にすることはなかった。秘書の矢沢も僕に何も言わなかったので、僕もいつもの生活をくり返す中で、予定が変わったのか…と思っていたくらいだった。

遠峰の口から香港行きを聞いてから二週間ほどが経った頃だった。

十月も半ば近く。日中はまだ暑い時もあるが、朝晩は寒さを感じる。大学の卒業単位を前期でほぼ取り終え、授業に出る必要もない僕は、毎日を卒論の調べものに費やしていた。その日も図書館へ行き、本屋に少し寄ってから麻布へ帰ると、部屋では矢沢が僕を待っていた。

「社長がお待ちです」

そんなふうに、遠峰の都合か気まぐれで、外に呼び出され食事をともにするのはよくあることだった。しかし、時刻はまだ三時だ。いつもは早くても夕方なので不思議に思ったが、定時で終わるような仕事をしている男ではないので、矢沢におとなしく従った。

マンションの前には、いつもの黒塗りのベンツが停まっていた。ベンツにはいつも運転手と助手席にもう一人、必ず乗っている。遠峰と一緒の時は必ず矢沢だし、矢沢が一人で迎えにくる時は、矢沢の部下だ。

彼らに共通しているのは、全員がカタギではないと、外見から判断できることだろう。隙のない目つき。鍛えられた身体つき。いざという時のためのボディガードとして雇われている人間たちだ。ただでさえ、ベンツのSクラス、全面スモーク貼りなどという車でいかにもな感じを出しているのに、そんな男たちと一緒に連なっていると、どこから見たって普通の業界の人間には見えないだろう。

麻布を出てしばらく走った車が、いつもとは違う方向を目指しているのに気づいた。スモークの向こうの景色が違う。

遠峰のオフィスは都内各所にあるが、たいていは銀座のそれか、新宿のそれに遠峰はいる。だから、食事もその近辺ですることが多いのだが…。

「矢沢さん。どこ行くんですか？」

「軽井沢です」

きっちりとした返事に僕は戸惑った。予想もしなかった地名だったのだ。

「軽井沢…って……」

「社長の別荘があります。そちらでお待ちです」

はあ…と、力なく頷いてシートにもたれかかる。遠峰の気まぐれはいつものことだとわかっているが、つき合わされるこっちの身にもなって欲しい。この時間から軽井沢では明日、学校に行けるかどうかは怪しいものだし、そうなると予定も狂ってくる。

僕も大変だが矢沢たちも大変だよな…などと、呑気《のんき》なことを考えているうちに、首都高から中央道へと順調に車は進んだ。都会を離れ、次第に周囲の風景が変わってくる。都会以外の風景を見た最後はいつだったのだろうと考え、父親の会社が倒産する前、ゼミの合宿で福島の方へ行って以来だと思い出した。

まだ一昨年あたりの出来事だというのにはるか遠く昔に感じるのは、それ以後の生活が波《は》瀾《らん》に満ちているからだろうか。そう考えると憂鬱になりそうだったので、目の前の久しぶりの自然に集中するようにした。

山に来る冬は早く、東京ではまだ暖かな日もあるというのに、山間にはすっかり晩秋の景色が広がっていた。紅葉した木々の葉が散り始め、ところどころに寂しげな枯れ木を見せている。

軽井沢など来たこともなく、まったく地理関係はわからなかったが、車はどんどん森の奥へと進んでいくようだった。その周辺一帯が別荘地らしくて、木々の合間にログハウスみたいな建物が時折見え隠れする。そんな建物も見えなくなり、次第に寂しくなり始めた頃、車が停まった。

着いたのかと思い、様子を窺っていると助手席に乗っていた男が車を降りていき、道の左側にあった門らしきものを開けているのが見えた。よく見れば、門の横には「私有地につき立入禁止」という看板が見え、周りには有刺鉄線が張り巡らされている。もちろん、門の上には監視カメラも存在していた。

開いた門から車が横道に入り、門を閉めて戻ってきた男が車に乗り込むと、ゆっくりと動き出す。揺れる車に「舗装しておりませんのですみません」と矢沢が詫《わ》びるように言った。

道は車一台がギリギリ通れるくらいの道幅だった。僕の席から見える範囲でも監視カメラがあちらこちらに見え、いかにも遠峰の別荘という感じだ。しばらく走って見えてきた建物はコンクリート造りの要塞《ようさい》のようなものだった。遠峰の仕事柄、仕方のないことかもしれないが、できればこんな世界には一生縁なく生きていきたかった。

建物の前面に広がるアプローチに車が停まり、助手席の男がドアを開けてくれる。矢沢に促されて車から降りたら、空気が東京よりもはるかに冷えている。日の入りが早くなってきていて、すでに夕方の太陽が空をオレンジ色に染めていた。

麻布のマンションからどこへ行くとも告げられず連れ出された僕は軽装で、そのまま立っていたら風邪をひいてしまいそうだった。先に玄関を開け中に入るように勧めてくれた矢沢に従って、僕は建物の中に入った。

広い別荘だった。なのに、人の気配はまったくしない。窓際に長く続く廊下を、矢沢について歩きながら、腰丈の窓から見える外の景色を見た。山奥とはいえ、紅葉した木々が夕焼けに映えて綺麗だった。けれど、目の前の分厚いガラスは防弾なんだろうな…と思った途端に興ざめしてしまう。

矢沢が僕を伴って歩いていった先は、建物の一番奥手にある部屋だった。玄関付近は洋風だったが、奥に行くにつれ、インテリアが和風になっていった。矢沢が開けた引き戸の先も、広い座敷が広がっていた。

大広間…と呼ぶに相応《ふさわ》しい座敷の奥手に、座卓があり、そこに三人の男がいた。一人は遠峰。もう二人は見たことのない顔。

「光一。こっちだ」

遠峰に呼ばれ、矢沢の顔を見る。どうぞ…と促され、僕は恐る恐る座敷を横切って遠峰のもとへ行った。

「座れ」

少し離れたところで立ち止まった僕に、遠峰が隣の席を勧める。僕は遠峰の前の二人に軽く会釈をすると、遠峰の隣の座椅子に正座して座った。

「えらいベッピンですなあ。こりゃ…」

声に目を上げれば、前に座る男二人の、年を取った方の男が、僕をじろじろ舐め回すように見ていた。不躾《ぶしつけ》な視線に、眉を顰めてしまいそうだったが、遠峰の知り合いに失礼なこともできず、そのまま目を伏せた。

二人の男は、片方が白髪混じりで五十代くらいだろうか。濃紺の作務衣《さむえ》を着ていた。顔に深い皺《しわ》があるけれど、声の調子からいって、それほど年を重ねていないように思えた。

もう一人は、若くて、三十代くらい。こちらも鼠《ねずみ》色の作務衣を着ている。頬のこけた顔に細い目。神経質そうな顔立ちの男だった。

僕は目の前の二人がいったい何者なのか、まったく想像できずにいた。矢沢や運転手、ボディガード…といった、遠峰の「会社」の人間以外の、遠峰の知り合いに会うのも初めてだった。遠峰は外で食事をする時も必ず個室を使っていたし、僕を自分の関係者に会わせたくないらしいことは、その行動からわかっていた。

いくら見目が普通よりいいからって、男を囲っているというのは、やはり格好のつかないものだろう…と、僕自身も思っていたし、遠峰の関係者などに会いたい気持ちなど毛の先ほどもなかったので、それはそれで幸いだった。

だから。わざわざ連れてこられた軽井沢で、待っていた二人の男の正体は、僕にはまったくわからなかったのだ。

「頼めるか？」

「そりゃ、これならこっちから頼みたいくらいですわ」

「斎藤《さいとう》は人を選ぶからな」

「よう言いますわ。若頭《わかがしら》の頼みごとを断れるわけないの、知ってはりますでしょうに」

斎藤、と呼ばれたのは、年を取った男の方だ。関西弁。聞き馴れないイントネーションが気になった。遠峰との会話の内容もまったく理解できない。

自然と顰めた眉で横の遠峰を見上げると、それまで一言も話していなかった若い方の男が、螺鈿《らでん》細工の座卓の上に、一枚の紙を差し出した。

「これで…いかがでしょう」

静かな声に、一同が机上を見る。

和紙のような紙。中央に見事な絵が描かれていた。日本画。素人目でもうまいと思った。

紅い、椿の花。

「どうだ。光一」

ぼうっと見つめていた椿の花から、遠峰に目を上げる。

「え？　僕、絵はわからないけど…。綺麗だとは思うよ」

素直な感想を口にすると、遠峰はクスリ…と小さな笑いを漏らした。満足そうな笑み。それがどういう種類の笑みなのか。わからない僕は遠峰の顔を見つめたまま、困惑していた。

「場所は？　どうしはります？」

「そうだな…。矢沢」

斎藤の質問に、遠峰は矢沢の名前を呼んだ。すると、待っていたかのように襖が開いて、矢沢と遠峰のボディガードをしている男が二人、現れた。

二人はものも言わずに僕の後ろまで来ると、いきなり僕の腕を摑んで引きずり上げた。元プロレスラーという屈強な男二人である。僕は逆らえるはずもなくて、あっという間に畳の上に仰向けに押さえつけられていた。

「な……に…っ……！」

「お静かに」

叫び声をあげようとする僕を、矢沢が冷静な顔で制止する。矢沢の言葉は僕にとっては、絶大な権力を持っていた。ずっと遠峰の秘書を務めているというだけあって、矢沢は遠峰の目の見えない感情を悟るのがうまい。

その矢沢が制止するということは、逆らわない方がいいということだ。僕は顔を青ざめさせて、ひとつ息を呑んだ。

「一番…弱いところがいいだろう」

畳に押さえつけられた体勢のまま、遠峰の顔を見た。遠峰は僕と目が合うと、口唇の端を上げて笑い、座椅子から立ち上がる。その動きを目で追うと、遠峰は僕の足元で跪《ひざまず》き、いきなり僕のズボンのベルトを外し出した。

「や…っ……!」

遠峰の予想外の行動に、小さく叫び声をあげて身を捩《よじ》った。だが、それも簡単にねじ伏せられて、あっという間に僕は下衣を剝《は》ぎ取られていた。広い座敷で、幾人もの男たちの視線が注がれる。恥ずかしさの中で、僕は死んでしまいたくなった。

遠峰がそんな真似をした意図がわからずに、彼をじっと見つめるが、遠峰は僕を見ずに、斎藤ともう一人の男に僕の姿が見えるようにと、自分の身体をずらした。

「足…ですか?」

座卓に阻まれて見えないが、声を発したのは若い男の方だった。遠峰は彼に頷くと、僕の右足首を強く握る。

「い…やっ……!」

首を振って制したが、何も功を奏さない。遠峰の強い力に、僕はなされるがままに、大きく足を開かされた。そして、右腿を内側から撫で上げられる。

「……あ……」

男二人に押さえつけられていて、口を押さえることも叶わず、僕は小さく声を漏らした。僕が一番弱い場所だった。慣れた手つきの遠峰が撫で上げるだけで、鼻声を漏らしてしまうほど。

ゴクリ…と、喉《のど》が鳴ったのは押さえつけているボディガードのどちらかだ。白く細い足に、遠峰のしなやかだが節張った大きな掌。それだけでもエロティックな眺めだった。

「この通り…でな。頼んだぞ、斎藤」

遠峰はそう言うと立ち上がる。僕を押さえていた二人もそれが合図のように僕を解放する。僕は起き上がると、脱がされた下衣を引き寄せて、遠峰に顔を上げた。

「忍……なに…いったい……」

眉を顰めて見上げる僕を、遠峰が高い位置から見下ろす。彼は平然とした顔を崩さずに言った。

「安心しろ。斎藤の腕は確かだし、源《みなもと》はその一番弟子だ」

「何が……」

いったい、なんの話をしているのか。僕にはさっぱりわからなかった。斎藤、源と呼ばれた男たちにも見覚えはなく、不思議そうな顔のまま見つめる僕に、遠峰は懐から煙草を取り出しながらつけ加えるように言う。

「さっきの椿。気に入ったか？」

「……絵のこと？」

「源は芸大を出てるんだ。日本画専攻だったな」

遠峰の言葉に源が頷く。絵を僕にくれるという話なのか。それにしては行動が奇異だ。

さっぱり事態が把握できなかった僕に、それがわかったのは、遠峰の次の言葉だった。

「光一。お前の足に咲かせてやる。あれをな」

一瞬、どういう意味かわからなかった。ゆっくりと座卓の上を見る。紅い椿の花。

それを僕の足に咲かせる…？

反復して、はっと見上げた遠峰の顔は嗤っていた。嘲笑。

「忍……それって……」

「一週間くらいかかるか？」

僕を無視して斎藤に話しかける遠峰。

「そうですな。大きいモンじゃありませんし、そんくらい見てもらえば」

「来てよかっただろう。源」

源が頷く。その視線は先刻から痛いほど僕に注がれていた。執拗な視線は、怖いと思わせるほどだった。

「滅多にない、特上のキャンバスですよ。遠峰さん、ありがとうございます」

源の言葉に、全身から血の気が引いた。ようやく遠峰が話していた意味をすべて把握したのだ。

キャンバス…とは、僕のことだ。

見上げたままの遠峰の顔は、彼が去っていくまで嗤いを含んだままだった。

斎藤と源は、遠峰が僕のために用意した「彫師」だった。

後で矢沢に聞いたところによると、日本で右に出る者がいないほどの腕だという。だが、僕にとってはそんなのはどうでもいいことだった。それよりも、自分の身体に針を入れられるという事態をどうにかして欲しかった。

僕を残して帰ろうとする遠峰に縋《すが》って、なんとかやめてくれるように頼んだのだが、まったく取り合ってくれなくてさっさと僕を置いて行ってしまった。残ってさまざまな用意をしていた矢沢にもなんとかして遠峰に取り合って欲しいと頼んだが、遠峰の考えに矢沢が従わないわけがなく…。僕が使うために用意された部屋へと案内して、矢沢も遠峰の後を追うように軽井沢から去っていった。

僕は用意された部屋でなんとか逃げられないかと考えたのだが、連れてこられた時の要塞のような建物の様子を思うと不可能だと思った。それに、たとえ逃げたとしても電車もバスも通っていないような山奥ではどうすることもできやしない。

別荘には斎藤と源、それと僕を取り押さえるためのボディガードが一人残っていた。それ以外に人気はまったく感じられず、静けさの漂う中で「作業」が始められた。

矢沢が去ってからしばらくして、大広間の奥にある八畳ほどの座敷に連れ込まれた。僕は抵抗を試みたが、クロロホルムのようなものを嗅《か》がされ、意識を失った。その後も、麻酔のような薬を注射され、朦朧《もうろう》とした意識の中で拒絶することもできなかった。

入れ墨は一生消えない。

そんなものを入れられてしまったら、僕は一生遠峰から離れられないかもしれない。

どうして突然、遠峰が僕に入れ墨などを入れようと思ったのか。考えてみると、やはりその原因は遠峰の香港行きにあるのではないかと思った。僕を決して離さないという気持ちの表れなのではないか…。

どうやっても逃れられない状況の中で、僕に印をつける作業は進んでいった。下彫りを入れられた自分の足を見た時、自分の中で、何かの諦めがついた。もう、何をしても消えないのだという諦めだったと思う。おとなしくなった僕に、残りの人間は安心したのか、薬を使わずにやって欲しいという意見を聞き入れてくれた。

どんな薬を使っているのか知れたものじゃなかったし、終わった後に中毒症状を起こしてしまいそうでいやだった。

彫られるのはなんとも言えない痛みを伴った。内腿という、一番皮膚の柔らかい場所。しかも、僕は斎藤や源に触られるだけで、身体を震わせていた。針を入れられれば、痛みが強いにも拘《かか》わらず、中心を熱くしてしまう。自分の浅ましさがうとましいほどだった。

僕の足に実際に彫りものを入れていたのは若い源の方だった。もう一方の斎藤は手伝いに回っていて、時折仕事を覗きに来ては無駄話をしていた。それ以外の時は、手持ち無沙汰《ぶさた》同士で、ボディガードの男と縁側で将棋をさしていた。

「若頭の夢中になってはる愛人が男やってのは、本家でも有名な話やけど、ここまでのタマァ、今時女でも見つけられへんわ」

上から降ってきた声に、横向きに寝ていた僕は伏せていた目を上げる。すぐ横に立って僕を見下ろしている斎藤と目が合ったが、すぐに外した。斎藤や源とはできるだけ口をきかないようにしていた。斎藤たちが「本家」からやってきたのは事実だし、「本家」の仕事内容を知ってるだけに係《かか》わり合いたくない。

幸い、源の方は本当に無口で、作業中に斎藤がいなければ、静寂の中に僕の耐えるような息遣いが流れているだけだった。

源は遠峰の言っていたように日本画を専攻して、かなりの腕前だったらしいのだが、人体にそれを描きたいという欲求から斎藤に弟子入りしたのだと、斎藤が話してくれた。確かに、源の仕事は綿密で、僕の皮膚が女以上に滑らかなことをしきりに感心する様は、皮膚フェチのように思えた。

僕の足の椿は順調に完成していった。それにつれ、僕の鬱が深まっていったのも事実だが。

そして、僕がその話を聞いてしまったのは、軽井沢に連れてこられてから一週間が過ぎ、足の彫りものもほぼ完成しようという日だった。

昼過ぎに起き、ノロノロと支度をしていつもの奥座敷へ向かった。その途中に、食事に使っている座敷があるのだが、そこに斎藤と源の二人がいた。二人は通りかかった僕にまったく気づかないようで、続けている会話が耳に入ったのだ。

「せやけど…よう見つけはったよな。若頭も」

「そんなに似てるんですか？」

「目の辺なんかそっくりや。やっぱりなあ。跡目から引いたほどのショックやったんやから、自然と捜してまうもんかもしれへんな」

なんの話か、最初はわからなかったが、斎藤の言う若頭とは遠峰のことだし、僕のことを話してるのだというのは自然と知れた。

「生きてはったら、いとはんはもう中学生や」

「ごりょんさんの背中には見事なものがあったって聞きましたけど…」

「そりゃ、見事や。わしの最高傑作やった。もう、あんなんは彫られへん。若かったからなあ。今では目があかんわ」

「若頭はあの子に同じものを彫れとは言いませんでしたね」

「まあな…。若頭は似てるとは思いたくないんかもしれへん。なんや、深層意識ってヤッか？」

そこで二人は立ち上がってしまい、話の続きは聞けなかった。けれど、僕の心に波風を立てるには十分すぎる内容だった。

ごりょんさんというのは関西弁で奥さんという意味だし、いとはんというのはお嬢さんという意味だ。そう考えると、遠峰には妻子がいるのか？　しかし、斎藤は過去形で語っていたし、遠峰に妻子の影はそれまでまったく見当たらなかった。

そして、それよりも自分がごりょんさんにそっくりだって言われたのに強い衝撃を受けた。僕に対する、遠峰の執着。その意味が痛いほど身に染みた。

立ち聞きした話に困惑したまま、それでも誰にもその気持ちを告げられず、僕の足の椿は完成した。仕事で来られない遠峰の代わりに、矢沢が軽井沢まで迎えに来て、僕は彫師二人と別れて東京へと戻った。

東京では遠峰が待っている。僕はその時しかない…と判断して、車中で矢沢に質問を向けた。彼が答えてくれるかどうかは、ひとつの賭けだった。

「矢沢さん。忍には奥さんがいたの？」

ベンツの後部座席で、僕が口にした言葉に、矢沢は書類に落としていた視線をゆっくりと上げた。それから前の運転手に合図して、運転席と後部座席との間にシールドを降ろした。

「…誰に聞きました？　斎藤ですか？」

矢沢の視線は思いの外、厳しいものだった。それが二人の話が本当だったのを示している。

「聞いたんじゃなくって、僕が立ち聞きしたんだ。斎藤と源が話してるのを」

「なんて？」

「僕が、遠峰の死んだ奥さんに似てるって」

斎藤は奥さんや子供が死んだとは言っていなかったのだが、なんとなくそんな気がしていて、僕は鎌《かま》をかけるようなつもりでそう言った。矢沢は僕の言葉にしばらく黙ったままだった。そのまま「忘れなさい」とでも言われて、答えてくれないかと思っていたが、意外にも矢沢は話し始めた。

「…確かに、社長には奥様がいらっしゃいました。お嬢さんも。十年前にお二人とも亡くなられましたが」

やはり…。そう思うと、口の中が乾く気がした。遠峰の家族。僕には想像もつかなかった。それ以上は、聞いてはいけない話のような気もしたが、遠峰の家族についてなど滅多に聞けないし、そこまで聞いてしまっては一緒だと、僕は話を続けた。

「…どうして？」

矢沢も同じように思ったのだろうか。少し間を置いてから続きを話してくれた。

「…社長はその頃、次期組長と言われていました。ですが、組内には跡目争いが起きていて社長は跡目を継がれるのを考えておられました。そんな時、奥様がお嬢様とお出かけになられた際、対立していた派の人間に襲撃され、お二人とも亡くなられ…。お嬢様はまだ四歳でした。それで社長は身を引かれて本家を出たんです。それからは、東京で組の経済的な面だけを面倒みられています。その辺は光一さんもご存じでしょう？」

問われて小さく頷く。矢沢の話がグルグルと頭の中を回っていた。家族を一度に殺される悲しみとは、どんなものだろう。

「似てる?」

聞いた僕に、矢沢が微かに笑う。矢沢が笑みを見せるなんて、滅多にない。僕はそれに驚くと同時に、矢沢自身も遠峰の家族を大事に思っていたことを知ったような気がした。

「似てらっしゃいます。最初に光一さんに会った時は、正直、びっくりしました。性格はまったく似てらっしゃいませんがね。奥様は気性の激しいお方でしたから」

矢沢はそれだけ言うと、「この話は決して社長にはなさらないでください」とつけ加えた。遠峰の前で、家族の話はタブーなのだと言う。

ふう…と溜め息をついて、ベンツのシートに身体を沈ませる。スモークの向こうの景色を見ながら、遠峰の顔を思い浮かべた。足の椿はまだ熱をもって疼《うず》いていた。


東京に戻ると、麻布のマンションではなくて、紀尾井《きおい》町のホテルに連れていかれた。遠峰はそのホテルのスウィートで仕事をすることがよくあった。遠来の客がある場合や、パーティなどに出向かなくてはいけない場合、ホテルの方が何かと便利らしかった。いつものように上階のスウィートに矢沢と一緒に行くと、遠峰は二人の秘書を使いながら仕事をしていた。部屋に入った時はちょうど電話をかけていたのだが、僕を見て手早く話をまとめ電話を切る。

「予定より早く、来週発つことになってな。忙しくて仕方がない。本当は軽井沢まで行って斎藤たちにも礼を言いたかったんだが…」

パソコンから目を離さずに言う遠峰を少し遠くから眺めていた。矢沢と秘書たちが書類をまとめ、遠峰と打ち合わせをして、慌ただしく部屋を出ていく。それから三十分ほど遠峰は電話をくり返し、僕は窓から眼下に広がる東京の夜景を見ていた。軽井沢を出たのは四時を過ぎた頃だった。もう外は真っ暗になっている。

「足はどうなった？　見せてみろ」

電話を切って、一段落したらしい遠峰が椅子を僕の方に回して話しかけてくる。遠峰を振り返り、言われた内容に戸惑いしばらく彼を見つめていたが、遠峰に逆らっていいことなどひとつもない。内心だけで溜め息をつくと、僕はゆっくりと靴を脱ぎ、ズボンを脱いだ。

白い足に紅い花が咲いているのが、目を落とした自分の視界にも入る。消せない痛みが胸に突き刺さる。

「さすが源だな。こっちへ来い」

ノロノロと近づくと、遠峰は腕を取って自分の膝の上へと抱き寄せた。冷たい目を紅い花に向け、確認するように指先で触れる。

「いい出来だ。痛むか？」

「……少し……」

撫でる指の感触がいやで、遠峰の腕を握る。だけど、彼は動きを止めない。

「まだ熱があるな…」

「ん……疼くんだ……忍。触らないで…」

じんわりと浸透するような指先の動きに、中から熱さが生まれそうになってしまう。喉の奥で声が鳴る前に、遠峰から逃げようと身体をずらしたら、逆に強く捕まえられた。

「やっ……」

遠峰が僕の制止を聞いてくれるはずもなく、そのまま机に上半身を押し倒された。足を広げられ、右膝を抱えられる。

「んっ……あ……い…や……」

じっとりと熱い舌に舐められ、身体が震えた。一週間、離れていただけなのに、身体が遠峰に餓《う》えているのがわかって愕然とした。毎日のように抱かれていて、遠峰の存在に慣れきった身体。

「舐められるだけで熱くしてどうする？」

遠峰の笑い声に涙が浮かんだ。自分が情けなくて。

「んっ……あ……」

声が高くなる。だめだった。遠峰の熱い舌が花に触れるたびに勃ち上がっていってしまう。

遠峰は僕をさんざん焦らした揚げ句に笑みを含んだ顔を上げた。

「光一。はしたないぞ」

「や……あ…っ…」

すっと握られて、身体を撥《は》ねさせた。震える手で遠峰のスーツを摑む。ギュッと力を込めたそれを、遠峰が僕の目の前で強く握り返した。

「覚えておけ。お前は一生俺のものだ」

真剣な声音に伏せていた瞼《まぶた》を開けた。視界には遠峰のきつい瞳が映る。彼がその言葉を真剣に言ってるのだと知って、背筋が凍るような思いが走った。

遠峰は僕を手放す気はないのだ。入れ墨はその証しとも言うべきものなのだ。

消えない印は、遠峰のものだという所有の証しだ。僕は遠峰から逃げられない。離れられない。

遠峰が僕に入れ墨を入れようとした時点で、こういう予感はしていた。けれど、目の前で本人から告げられるのは違う。一生。遠峰が口に出すからには、絶対的な思いなのだ。

そう思うと、自分の中で崩れきっていたものが、それ以上に崩れていくのを感じる。わずかな望みさえも、断たれてしまった哀しみ。

「忍……」

「来週、俺は香港に発つ。矢沢も一緒だ。どれくらいの間かはわからんが、一人で暮らせるな？」

遠峰の言葉に小さく頷く。頷くしかなかった。遠峰の瞳はいつにも増して高圧的な光を放っていて、僕の小さな反論など受けつけない冷たさで僕を見ている。

「いいか。ちゃんと大学は卒業しろ。就職はするな。お前が働く必要はまったくない。麻布はそのままにしておくから、今まで通りに暮らしていればいい」

命令するように言って、遠峰は僕の指を口に含む。ゆっくり指を舐める仕草が、自分自身を舐められている感覚を思い起こさせて目を伏せた。遠峰に言われた言葉と、彼がもたらす快感がメリーゴーラウンドのようにグルグルと頭の中で回る。

反論したい心と、反抗できない身体。両方を抱えて、僕はどうしようもないまま、遠峰の腕の中にいる。

「あっ……」

勃ち上がっているモノの根元から撫で上げられて鼻声があがる。興奮していくにつれ、足の椿がジンジンと熱をもって疼いていく。入れ墨を入れている間は遠峰に身体を触れられていなくて、完成してから初めて触られるのだけど、ここまで敏感に感じてしまうとは思ってもいなかった。

遠峰が僕を触っている。そう思うだけで、涙が出そうになる。

「や……あっ…しの…ぶっ…」

遠峰が再び足の椿に舌を這《は》わせる。僕は身体の芯に走った衝撃に耐えきれなくて、起き上がって遠峰の頭を遠ざけようとした。

「そんなに感じるのか?」

「…い…や…」

やめるようにお願いするのに、遠峰は冷たい瞳のまま椿を舐める。僕はそれに耐えきれなくて、はちきれそうだった自分自身を解放してしまう。荒い息遣いで息を逃し、湿った下着の感触に眉を顰めた。

「服も脱いでないのにもうイったのか？　本当にお前はどうしようもないな」

遠峰は嗤って、僕を机から降ろすとそのまま抱え上げてバスルームへと運んだ。スウィートの広いシャワーブースに入って僕の服をすべて脱がす。自分はスーツの上着を脱いだままの状態で、ネクタイもしたまま、シャワーを全開に放出させた。

「んっ……」

濡れるのも構わずに、お湯の降り注ぐ中、遠峰がキスしてくる。熱い舌で口内をかき回して僕を混乱させる。思わず遠峰の首に抱きつくと、腰を抱えて引き寄せられた。同時に片手で疼いている椿を触られる。

「……ん……っ……ぅ」

喉の奥で漏れる声に、遠峰が椿を触る手の力を強める。記されて間もない印は、僕自身でもコントロールできなくて、勝手に僕の快感をかき立てる。

「また膨れ上がってるじゃないか」

「やめ……て……忍……」

「やめたら困るのはお前だろう？」

耳元で囁かれ、僕は目を伏せた。絶対に反論できなかった。遠峰は僕をこうやっていつも簡単に手中に収めてしまうから。

だから、憎かった。

身体が熱い。思わず、遠峰に抱きついてキスをして、腰を揺らしてしまう。

「忍……」

身長差のある遠峰に抱きついて、彼の引き締まった腹筋に勃起した自分を擦りつけるだけでイってしまいそうになる。それでも耐えて、言えない言葉を口の端に溜めたまま、薄く目を開いて遠峰の冷たい瞳を覗き込んだ。

「欲しいのか?」

「……っ…」

眉を顰めて、瞼を閉じて頷いた。遠峰の嘲笑が閉じる前の視界に焼きついていたけれど、このまま嬲られるのは、もう我慢できなくて。

「脱がせろ」

言われて、震える指先で遠峰のネクタイを外してシャツのボタンを外していく。濡れた衣服を脱がせるのは時間がかかって、焦れったくてもどかしい。ズボンのベルトに手をかけ、堅くなっている遠峰に触れた時、思わずゴクンと唾を呑み込んだ。自分は本当に卑しい人間だと思った。

すべてを脱がし終えた頃には、力も尽き果てて、タイル貼りの床に座り込んでしまった。荒い息を吐く僕の腕を遠峰が引き上げる。立たせた僕を壁に押しつけ、背後から堅くて大きなモノを捻り入れる。

「…は…っ……あっ…」

遠峰が中に入ってくる圧迫感に顔を顰《しか》める。ギリギリまで開かれる感覚に口を開けて息を逃して耐えた。それでも、身体は遠峰を欲している。

「光一。どうだ？　いいだろう…」

耳に吹き込まれる甘い声。僕は涙を流しながら頷いた。

「お前をこんなふうに抱けるのは俺だけだ」

低い声が暗示をかけるように呟く。奥まで挿入して、そのまま動かない遠峰がドクンドクンと脈打って、存在を誇張している。

「離れられないだろう？」

首を縦に振る。足の椿が、勃起して解放を願っている自分自身が、快感が溢《あふ》れそうになっている身体中が。遠峰を求めていて。

「忍…ぅ…」

シャワーの水音にも負けない甘い声が、行為をねだって浴室に響き渡る。恥ずかしさなんて飛んでしまって、僕は自分から要求するように腰を揺らし始める。

「…お前は俺のものだ」

低い声で呟いて、遠峰が動き始める。奥を突かれてすぐにイってしまった。けれど、それ以上に遠峰を求めて狂ったように彼の動きに合わせて身体を揺らした。たまらない快感に涙が溢れ続けた。

僕は遠峰に狂っている。遠峰の身体に狂わされている。

それをよくわかっていた。

だから、僕は遠峰から逃げなくてはいけない。

「あっ…あっ…ああっ……」

高い嬌声をあげながら、頭の隅で遠峰の言葉を反復する。遠峰は香港には矢沢も一緒についていくと言った。僕は日本に一人で残される。

迷わずに、逃げよう…と思った。

遠峰が日本からいなくなるのならば、これは彼から逃げる最初で最後のチャンスかもしれない。こんな傷をつけられてしまい、もう遅いかもしれないのだが、それでもこのまま遠峰のもとにいたら、僕は本当に遠峰なしで生きられない人間になってしまうかもしれない。

それが、一番怖かった。

遠峰が香港へ発ったらすぐに行動を移そう。遠峰に見つからないような綿密な計画を立て、彼から逃げきるためならなんでもしよう。

そんな決意をしながら、僕は遠峰に抱かれていた。


香港へ発つまでの一週間、遠峰は自分を刻みつけるかのように、忙しい仕事の合間を縫って僕を抱いた。足の椿はますます敏感になっていき、主人である遠峰が少しでも触れると即座に反応するようになってしまい、僕の憂鬱さを増した。

遠峰は予定していた日に、成田から矢沢とその部下とともに香港へと発っていった。僕は見送りに出て、彼の飛行機が無事飛び立ったのを確認してからすぐに、考えた計画を行動に移した。引っ越す先を見つけてもらい、就職口も紹介してもらった。

遠峰は見張りの部下などを置いていかなかったので、麻布から中野に移るのは簡単なことだった。自分の身の回りのものなんて知れていたし、ほとんど身ひとつで僕は麻布を後にした。

一年近く暮らした麻布のマンションを出る時、ふと、矢沢の言葉を思い出した。

僕にそっくりだったという遠峰の妻。

妻子を一度に失った件に関しては、確かに遠峰に同情する気持ちもあるが、それと僕の人生とは別ものだ。遠峰に僕の人生を好きにできる権利はない。

僕は、どれほどの話を聞かされても遠峰を好きにならないし、遠峰だけじゃなく、男を好きにはならないだろう。男に抱かれることだけに慣れてしまってはいるが、精神面ではまったく別ものなのだ。

誰に何を言われようと、僕は遠峰と一緒に暮らしてはいけない。いきたくない。

遠峰の言うような「一生遠峰のもの」になるつもりはないのだ。

そう、強く思い、僕は遠峰のもとから逃げたのだ。

逃げたつもりだったのだ…。

遠峰は僕を広尾の屋敷の一室に閉じ込めたまま解放しなかった。会社に辞表を出しにいく際、一度だけ外に出してもらえたのが最後で、それ以降、部屋から出られない日々が続いた。部屋にはバスルームもついていて、食事は定刻に文句のつけようのないものが運ばれてくるし、不自由はなかったのだが、気分は果てしなく滅入る。文句を言って時計と本と新聞は手に入れたのだが、それで生活に光明が見えるかと言われれば否定せざるを得なかった。

毎日、突然やってくる遠峰に好きなだけ抱かれて、他に話す人もなく、僕は鬱になりかけていた。遠峰に降参を宣言して外出を許可してもらえば少しは気も晴れたのだろうが、外出したとしても遠峰の手の内にいて、彼から逃れられない状況に変わりはない。そう思うと、降参するのもしゃくで僕は暗い気分のまま部屋に閉じこもっていた。

一人、考える時間だけは十分ある日々の中で、思い出されるのは会社に通っていた毎日のことばかりだった。自分が会社に適応できる人間かどうか、入社前は不安に思ったりもしたのだが、意外にも毎日が楽しくて、特に建設部へ異動になってからは周囲の人間と気が合ったりしたせいもあるのか、氷室の鬱陶《うっとう》しさも帳消しにできるほど充実した毎日を送れた。優しかった菱沼さん。まだまだ教えてもらいたいことが多かった先輩たち。そんな皆にもう二度と会えないのかと思うと、自分の運命を呪ってしまいそうだった。

このままなんの展望もないまま、遠峰の愛人として一生彼の手の内で過ごしていくのか。彼は僕がいくつくらいになったら僕を捨ててくれるだろう。三十？　四十？　僕が醜く年老いるのはいつなんだろう。そして、遠峰が僕を捨ててくれる日が来たとして、そこから僕はいったい、どんな新しい人生を始められるのか。

考えるほどに落ち込んでしまうような事柄ばかりで、ますます性格の暗さに磨きがかかっていた。そんな僕に思いもよらない出来事が起こったのは、僕が屋敷に監禁されてから二週間という月日が過ぎた頃。

ようやく、遠峰から外出の許可が出た日のことだった。


毎日おとなしく過ごしている僕に、遠峰は安心したのか、暗さを増して無口になっていく僕を警戒し始めたのか。遠峰の方から僕に外出を勧めてきた。「服でも買ってこい」と放られたゴールドカードに、頭痛を覚えながらも、仕返しに遠峰が驚くほど買ってやる…と暗い決意を込めて、僕は矢沢に連れられて銀座に赴いた。

だが、グッチに入って服を見ながらバカバカしい値段にすぐに気分は萎えた。第一、遠峰が驚くほどの値段の服なんてあるわけがない。店一軒買い占めるくらいのことをしても、あの男は驚いたりしないだろう。

一通り見て、店内に置いてあるソファに座ってどうしたものかと溜め息をついた時だった。

「香原光一さん？」

ストンと音を立てて隣に男が座る。なぜか僕の名前を知っている相手を見つめる。

若い男だった。染めていない長髪にグッチのサングラス。左耳に並んだ三つのピアスに、全身プラダという格好の派手な男。

まったく心当たりのない顔に眉根を寄せると、男は僕の警戒心を読んだのか、笑ってみせる。

「そんな顔しないでくださいよ。俺、遠峰さんのお使いなんです。遠峰さんが暇ができたんで近くで飯でもって。一緒に来てください」

くださいにイントネーションの違いを感じた。関西出身なのか。遠峰の周囲にはいないタイプに、めずらしいな…と思いながら立ち上がる。遠峰の部下ならたいていがきちんとしたスーツ姿だし、関西の訛《なまり》がある人間はいない。矢沢は…と思って見回すが、店内にいたはずの彼の姿はなかった。

「矢沢さんなら電話かけてくるって出てますよ。忙しいですよね、あの人も」

そう言う男に不自然さは感じなかった。第一、こんなところで僕のフルネームを知っているのだから、遠峰の知り合いに間違いはないのだろう。僕は素直に彼について店を出た。

彼が使った出口は、僕が入ってきた方とは反対方向で、通りにはいつものベンツは停まっていなかった。彼が近づいた車は店のすぐ前に停まっていた黒のカマロだった。

「どうぞ。送りますよ。矢沢さんは後で来ます」

助手席を開けてくれた男を、少しだけ不審に思いつつも、勧められるままに僕は車に乗った。遠峰がベンツ以外の車を使うことが不思議だったのだ。特にアメ車は遠峰は嫌っていたはずだが…と思っていると、男が運転席に乗り込んでエンジンをかける。助手席に乗った僕がシートベルトを嵌めようとした時だった。

　窓の外にグッチから走り出てくる矢沢が見えたのだ。その慌てた様子のおかしさに窓を開けようとした時…。

「チッ。もう出てきよった」

　舌打ちをして男はカマロを急発進させる。運転席の男を見て、すぐに矢沢を振り返ったが、時すでに遅く…。乱暴なコーナーワークで曲がった車からは、矢沢の姿はもう見えなかった。


「矢沢もちょろいな。あんなんでよう遠峰の腹心の部下とか言われとうな。せやけど、一番お笑いなんはあの矢沢が遠峰のオトコの荷物持ちしてるってことやな」

　過激なスピード違反で銀座を急速に離れていく車内で、男は独り言のように言う。その言葉はすっかり関西弁になっていて、自分の考えが外れではなかったことを知った。

　僕は黙ったまま、助手席で男の様子を窺いながら彼の横顔を見ていた。

　男の話から遠峰とも矢沢とも知り合いだとはわかった。だが、こうして僕を連れ出したのは、矢沢の驚いた顔からして、この男の勝手な行動なのだろう。いったい、誰なのか。記憶を探っても遠峰の周囲にこんな男は見当たらなくて。

「静かやなあ。気にならへんか？　俺が誰かとかどこ行くんかとか」

「…答えるつもりがあるのか？」

そう言うと、男はクックッと喉の奥で笑う。

「答えの出ない質問は無駄やからせえへん言うんか。なるほど。東大法学部卒ともなると言うことがちゃうな。立派やわ」

笑う男は、僕のこともよく知っているみたいだった。僕はいったいどういう事態になっているのか、想像すらつかなくて眉根を寄せた。

しかし、ここから逃げた方がいいことは確かなようだ。赤信号で止まってる間に逃げられないかと、運転席の男に悟られないようにロックを横目で捜す。

だが、若いわりにこういうのに慣れている様子の男はすぐにそれに気づき、赤信号で止まった時に、サングラスの顔を近づけてきて脅しの言葉を吐いた。

「止まってる時に逃げようなんて思わへん方がええで。車は急に発進することもあるしな。あんたがバランス崩して、この綺麗な顔がザクロみたいになるのんも見てみたい気もするけどな」

からかうように頬に触れてきた指先にビクンと身体を引くと、男は面白そうに声をあげて笑う。男の言葉は脅しだけじゃないとすぐに悟った。そのまま、僕はどうしようもなくて、助手席で身体を堅くしていた。

まるでハリウッド映画のカーチェイスのような運転で、車と車の間を縫ってカマロは走っていった。僕は必死でシートベルトを握りしめて彼の乱暴な運転に耐えていた。制限速度はもちろん、赤信号も男には関係ないらしく、クラクションの嵐が浴びせかけられても平然としてステアリングを握っている。警察に捕まるのも怖くないのか。異常なスピードでレインボーブリッジを渡ったカマロが乗り上げたエントランスは、臨海副都心にある高級ホテルのものだった。ボーイにドアを開けられ、僕は立ちくらみを起こしそうになりながら、とりあえず男に逆らわずに車を降りた。

その場で騒ぎを起こして男から逃げることもできたのだが、警察などが来てしまったらどう説明したらいいのかわからない。とにかく男の正体と目的を探るのが先だと思い、何げなく僕の肘《ひじ》を持ち斜め後ろから連行する男の言いなりになっていた。

男はフロントでカードキーを受け取ると、ボーイに案内されたエレヴェーターに僕を連れて乗り込む。荷物がないので、一階でボーイが閉まるエレヴェーターの扉に深々とお辞儀する姿が消えていくのを見ながら、僕は知らずのうちに溜め息をついていた。

「暗い男やな。もうちょい明るくできひんのかいな」

なんと言われても構わない。見ず知らずの、自分を拉致した相手に愛想を振りまくほど、人間ができてはいない。

エレヴェーターが目的階で止まると、開いたドアから僕を先に降ろす。誰もいないホールで今度は腕を組むように摑まれ、部屋へと連行された。男がカードキーで開けた部屋はセミスウィートで二間続きの部屋だった。遠峰の知り合いのようだから納得するが、到底男の若さで泊まれる部屋ではない。

　サングラスを外さない男の素顔は見えなかったが、かなり若いだろうと思った。僕よりも若く…もしかしたら十代かもしれない。細身の身体だが、僕より高い背は一八〇近くある。節張った長い指の、大きな掌が印象的な身体つき。

「そっちに座りや」

　顎《あご》で指されたソファに座ると、男は僕の前の肘掛け椅子に足を組んで座る。そうして、思い出したように取ったサングラスの下の素顔は、かなり格好いいと言われる部類に入ると思った。

　やっぱり若い。二十そこそこなんじゃないかと思う。男を見ていた僕と同じように相手も僕を舐めるように見る。

「たいしたコトあらへんやん。どんな男か思て見るのん楽しみにしてたけど。遠峰が夢中になってるっていうオトコやからさぞかし…て思てたんやがな」

「残念だったたな。用件はそれだけか？」

　遠峰の知り合いで僕を見るためだけにこんなことをしたのなら、バカバカしすぎる。どういう知り合いかは知らないが、遠峰がこんなことをされて怒らないわけがない。

「遠峰のどういう知り合いか知らないが、こんな真似をしてあいつが黙ってると思うか？」

　僕が言うと、男は笑ってソファの背にもたれかかった。鼻先で笑うような笑いを漏らす。

「黙ってへんとは思うけどどな。遠峰は俺をどうすることもできへん。俺が誰か知りたくないか？」

僕は黙っていた。本当に想像がつかなかったのだ。最初に思いついたのは、遠峰が仕事上でトラブった相手だろうか…という考えだったのだが、それにしては矢沢の態度が変だったように思うし、この男の態度も優しすぎるような気がする。それにそういう相手なら複数で来るだろう。考えを巡らせる僕の前で男は立ち上がる。

「俺の名前はな、鷹司臣《たかつかさおみ》いうねん。覚えとき。さ…て、遠峰が来るまでなんか食うか。あいつのことや。ここを嗅ぎつけてやってくるんは時間の問題やろ」

平然とした顔で言うと、男はルームサービスのメニュウを手に電話を取る。その余裕の態度がわからなかった。

鷹司臣。そんな名前に聞き覚えはない。いや…なんとなくあるような気がするけど、記憶の網にひっかかってこない。遠峰が自分をどうすることもできないと言いきる若い男。

僕はしばらく鷹司と名乗る男の正体を考えていたが、まったく思い当たらなかったので、すぐに諦めた。考えてもしょうがないと思う。僕から逃げ出したわけじゃない。こんな状況では僕には何もできないから。

「あんたも何か食べるか？」

聞かれてコーヒーを頼んだ。鷹司は注文にコーヒーをつけ加えると受話器を置く。僕はすることもなくて、見回したテーブルの上にのっていた新聞を開いて読み始めた。

「エライ余裕やな」

見上げた男の顔は皮肉に彩られている。だったらどうしろと言うんだ…と、憮然《ぶぜん》とした顔で見返した。

「他にすることもないだろう？　いきなり連れてこられて監禁みたいな状態で、僕にどうしろって言うんだ？　脅えて君の顔色でも窺っていたらいいのか？」

彼の顔から目を外し、新聞を見て言い返した僕の耳に入ってきた男の言葉は。

「することないか…。せやったらサービスしてもらおうか？」

その台詞に新聞を下げて鷹司の顔を見た。ニヤリ…と笑った男の顔を見て、しまった…と思った時には、すでに遅く、鷹司は僕たちの間にあったソファテーブルを飛び越えて、僕の身体をソファに押さえ込むように乗りかかる。

「やっ……め……」

「ええやん。することないんやろ。やってる間に遠峰も来よるで。おもろいやろな。俺があんたにハメてるトコ見せてやったら」

冗談じゃない。僕は血の気の引く身体を保って必死で抵抗した。ぐしゃぐしゃになってしまった新聞を追いやり、鷹司の肩を摑んで離そうとするが意外に強い力にビクともしない。細そうに見えるのにかなり力がある。僕相手なら軽くねじ伏せられそうだ。

「冗談…はよせ……」

「あの遠峰がいれこんでる身体や。相当なモンやろ…。犯らせえよ」

目茶苦茶に暴れたが、体重をかけられて息さえ苦しくなる。鷹司が僕の足を開こうと、腿

を押さえ込んだ時だった。

「あっ…」

思わず、小さく漏らしてしまった声が鷹司の耳に届く。遠峰に毎晩抱かれているため、身体が敏感になりすぎていた。口唇を噛みしめる僕に彼が嗤いながら言ったのは信じられない言葉。

「噂通り、ココ弱いみたいやな」

そう言って、右腿をそっと撫で上げる。布地の上からだというのに、ビクンと身体を刺激が走る。なぜ、見てもないのに鷹司が知ってるのか。不審げに眉を顰めて彼を見上げる僕を鷹司は鼻先でからかう。

「あんた、彫られてる時、勃ちっぱなしやったんやて？　斎藤が驚いてたわ。遠峰が彫らせた場所も場所やけど、あの淫乱さは相当やて」

ザーッと血の気が引いた。斎藤というのは紛れもなく、椿を彫った彫師の一人の名前だ。それをなぜ鷹司が知っているのか？　僕の頭の中は疑問だらけになった。

「な…んで…」

「なんで？　そら、斎藤から聞いたからや。有名なんやで、あんた。斎藤はあれでかなりの好きモンや。その斎藤が誉めて、遠峰が手放さへんなんてどんなオトコやろ…て」

その時。頭の隅にひっかかっていた記憶が浮いてきた。

鷹司…その変わった名字は、確かに聞き覚えのあるものだった。だが、僕はようやく思い出したその記憶に身体を凍らせる。

ずっと遠峰と一緒にいる僕は、遠峰と矢沢さんとの『仕事』の会話も否応なく聞いてしまっている。そして、その会話の中に出てくる遠峰の『仕事』の大元である国内最大の暴力団組織の今の組長の名字が、確か、鷹司だったはずだ。いつも遠峰は本家と呼んでいる。それに、本家に息子が数人いるとも聞き及んでいた…。

気が遠くなるのを感じると同時に、僕は非常にマズイ状況にいると察した。いや、元からマズイ状況ではあるので、もう何がマズイのかわからないが、とにかくそんな本職の人間と寝るのはマズイ。遠峰も本職だが少し違う。そんな彼でさえ持て余している僕なのに。

「離してくれ…っ」

自分の逼迫《ひっぱく》した状況に気づいた僕は必死で鷹司の下から抜け出そうと暴れた。だが、そんな僕の頬を鷹司が思いっきり打つ。上半身がソファに倒れ込むように打ちつけられた。

「いい加減おとなしくせえや。遠峰がどう扱うてるか知らへんけど、俺はあんたなんかどうなってもかまへんて思てる。ケガして泣くんはそっちやで?」

僕は一度打たれただけで動けなくなってしまった。恐ろしくて身体が小刻みに震える。打たれた頬がジンジンと熱い。

元々僕は暴力に弱い。殴られるくらいなら犯られた方がマシだと、人生を過ごしてきたほどだ。それにこれほどヒドく打たれたのは生まれて初めてだった。遠峰は僕を打ったことは一度もない。怖くて逆らったことがないからかもしれないが。

急におとなしくなった僕のシャツに手をかけると、鷹司が一気に引き裂く。弾けたボタンが飛び散り、布地の裂けるいやな音が耳につく。あらわにされた素肌に触れる空気よりも、中から来る恐怖による寒気が鳥肌を立てさせる。経験のない暴力的な行為に、それだけで意識を失ってしまいそうだった。

「顔色悪いで。こういうの慣れてないんか？　優しく抱かれてきたんやな」

嗤い顔が近づいてくる。情けないが目から溢れた涙が頬を伝うのを感じていた。なんでもするから許してくれと、許しを乞うのはあっという間だと思った。どうしたらいいかわからない。そう、パニックした頭に聞こえてきたのは…。

ピンポン…という軽い音のドアチャイムだった。そういえば…と思い出せば鷹司がルームサービスを頼んだのだった。僕のベルトに手をかけようとしていた鷹司は顔を上げ振り返り、ドアの方を睨《にら》みつけて舌打ちをする。

「逃げようとか思わへん方がええ。ベッド行っとけや」

鷹司が起き上がり、離れて歩いていく背中を見ながらソファに起き上がる。身体が震えていた。この隙に逃げたいのだが、鷹司の暴力的な行為を思い出すと、身体がすくんでしまって逃げようという気持ちが湧かない。打たれた頬はまだ熱く、鈍い痛みを訴えている。

頬を押さえて、いつものように自分の運命を憂えた時だった。ドアを開けてルームサービスを受け入れているはずの鷹司の、かん高い声が聞こえてくる。揉《も》めている様子を不思議に思って入り口方向を見ると、いきなりそこから現れたのは遠峰だった。

「し…のぶ……」

煙草を咥えたまま何も言わずに入ってきて、僕の前に来ると自分が着ていた上着を脱いで僕にかけてくれる。その後ろから、ふて腐れたような鷹司と矢沢。遠峰のボディガードをしている屈強な男二人。

「まあ、座ってくださいな、坊。説明していただかなければいけませんから」

遠峰は僕の横に座ると、前の肘掛け椅子を鷹司に勧めた。渋々というように従い、彼は腰かけて足を組んだ。矢沢とボディガードは鷹司を囲むように後ろに立っている。矢沢の後ろにはルームサービスのワゴンがあった。チャイムを押したのは矢沢たちで鷹司にルームサービスだと安心させドアを開けさせ、無理やり中に入ってきたのだろう。

「これはいったいどういうことでしょう？　坊のお話を聞かせてもらえますか？」

丁寧だが、有無を言わせない口調だった。遠峰の『坊』という呼び方から、やっぱり鷹司は本家の坊ちゃんなんだという僕の予想が当たっていたのを知った。何事もなかったのに、余計安堵した。

「お前が悪いんや…」

ポツリと言った鷹司は、拗《す》ねているような感じで、遠峰を見る顔はやはり彼が十代であろうことを物語っている。僕に見せていた態度とは一八〇度違う、甘えるような顔つきで、鷹司は遠峰に訴えた。

「こんなオトコにうつつ抜かして。俺はお前が誰にも真剣にならへんて思てたから我慢してたんや。それがこんなん囲って。腹立ってたけど、香港行きでこいつと切れた思たから黙っててんで？　それがなんや？　ようやっと帰ってきたて聞いたら途端に…。しかもこいつのために広尾の屋敷手に入れたて聞いて。俺、もう我慢ならんかってん。知ってるやん？　遠峰かて昔から俺の気持ち…」

堰《せき》を切ったように話し出した鷹司の話に。

僕は口こそ開けてなかったが、内心では大口を開けて呆れた気分で彼を見ていた。今の話を鑑《かんが》みれば、どう考察してもこの鷹司が遠峰に惚《ほ》れてて、邪魔者な僕を連れ去ったのだと…そういう結果が出るのだが…。

まさか、こんな展開が待っているなんて、想像だにしていなかった僕は、自然と開いていってしまう口元を押さえてソファにもたれかかった。

しかし。遠峰は本家の息子にまで手を出していたのか…と呆れ果てたが、二人の様子を見ていると、どうも遠峰が鷹司に押しきられているような感じである。あの遠峰を押しきるほどのパワーのある人間に僕が敵うはずもない。無理して逃げようと思わなくてよかったと思った。

それにしても。要するに、僕は痴話ゲンカに巻き込まれているのか。唖然としたまま、さっきはすごいいきおいで僕を犯そうとした男を見る。

「坊。こいつの件は俺のプライヴェートな問題です。仕事上も迷惑かけてません。坊にも関係ないでしょう」

「なんでや？　そんなにこいつがええんか？　お前を一人で香港行かせて、すぐに逃げたような男やで？　しかもお前から逃げ回ってて、今でも逃げたがってる言うやんか。こんなより俺のがええに決まってる。俺ならなんでもしたる。知ってるやんか…遠峰」

鷹司は真剣だった。周囲に人間がいなかったら遠峰に抱きついていきそうなくらい。対して、横目で見る遠峰はいつものように無表情を装ってはいたが、鷹司にわからないように溜め息を小さくついたのが聞こえた。どうも困ってるらしい。

僕は遠峰が被せてくれた大きすぎるジャケットを破れたシャツの上から羽織ると、立ち上がって矢沢の後ろにあったルームサービスのワゴンに行った。

あまりに途方もない話に頭痛がしてきて、半ばカフェイン中毒の僕はコーヒーなしではやってられない。ちょうど、いい香りがワゴンから漂ってくるし。銀色のポットを手にすると、矢沢が「やりますよ」と言ってくれたので、遠峰の隣に戻って座った。

ストンと何げなくソファに座ると、そんな僕の行動の一部始終を見つめていたらしい鷹司と目が合う。

「こいつ、始終こんなふうやで。涼しい顔して自分には関係あらへんていつも思てるんや。ここに連れてきてもさして驚きもせえへんで新聞読み始めてんで？　どこがええねん。こんな情のない男」

いきなり矛先を自分に向けられて、僕は眉を顰めた。だって、遠峰と鷹司の問題だ。僕には関係ない。遠峰が鷹司の情にほだされて、僕と別れて彼に乗り換えてくれるって言うなら、話に積極的に参加してもいいが。

矢沢がコーヒーを注いだカップを持ってきてくれた時、その顔が微妙に苦笑しているのに気づいた。鷹司はどうもいつもこんなふうに、昔から遠峰に無理に迫っていたらしい。鷹司とはまったく正反対の僕の行動論理を読めている彼には、あまりに対局的な僕と鷹司に、つい笑ってしまうのだろう。

「どこがいいって…」

そう言うと遠峰は横の僕を見る。カップに口をつけたまま、遠峰がなんと答えるか待った。僕も一度は聞いてみたかった質問だったから。

「身体ですね。セックス、うまいんですよ。こいつ」

目眩がした。

わかっていたが、言葉にされると情けなさに涙が出る。涙の出そうな僕とは違う意味で涙が出そうに、鷹司の手は遠峰の言葉に震えていた。

「俺の身体がよくないて?」

「二年も前に一度抱いたきりの身体なんか覚えてませんよ」

「その後、何度も抱いてゆうたのに、抱いてくれへんのはお前の方やないか!」

「…それがどういう意味なのか。おわかりいただけませんかね?」

嗤って言う遠峰に、鷹司はグッと詰まって顔を青ざめさせた。遠峰は残酷な男だ。だが、同情心なんて持ち合わせていない僕は、こんなふうに遠峰が僕に「飽きた」と言ってくれる日がいつか来るんだろうか…とぼんやり思っていた。

返す言葉のなくなったらしい鷹司は、グッと押し黙っていたが、僕の方をきっと睨みつけてから遠峰に向き直る。

「諦めへんで。俺、ついていくからな。お前、もう香港戻らなあかんねんてな。こいつはついていかへんでも、俺はお前についてく。俺の方がええてわからせたる」

鷹司は遠峰の言葉にも負けていなかった。僕は鷹司の執念とでも呼べてしまうような遠峰への思いに内心感服して、執念深さといえば同じくらいの遠峰と、この鷹司がうまくいけば世の中うまく収まるのに…と思った。しかし、鷹司はこんな調子で遠峰を押し倒したんだろうか。少し怖い…。

遠峰は今度こそ、鷹司にもわかるように溜め息をつき、新しい煙草に火をつける。その時、遠峰がチラリと僕を見た。微妙な仕草が気になって見返すと、遠峰はソファの背にもたれかかるようにして鷹司に言った。

「ついてくるのは坊の勝手ですが、今度はこいつも連れていくんですよ」

僕は。

青天の霹靂《へきれき》ともいうべき遠峰の台詞に、飛び上がらんばかりに驚いた。一言だって聞いてなかった。冗談じゃない。遠峰が香港に帰るのは大歓迎だが、僕までなぜ香港に行かなきゃならないんだ。

「忍…ちょっと、待って。そんな……」

青ざめる僕を無視して遠峰は続ける。

「前回出国の際にこいつを連れていかなかったのは、大学の卒業がまだだったからなんですよ。今回は卒業してるし、ずいぶん勝手なマネもされましたしね。俺の手元に置いとかないと。この通り手のかかるヤツなんで」

「忍。僕は香港なんて…そんな…」

僕の文句など聞き入れてくれるはずもない遠峰だが、これははっきり言っとかないとだめだと思った。遠峰と一緒に香港に行くなんて。ますます遠峰から逃げられなくなる事態に陥ること必至である。

そんな焦った僕の様子を見て鼻先で笑う鷹司。

「ほら見てみい。こいつ、いやがってるやんか。遠峰をいやがるヤツなんて見たことないわ。こんなんよか俺のが絶対にええに決まってる。俺はなんでもお前の言う通りにするやんか。なあ、遠峰」

こうなると、僕は鷹司を応援したい気分になってくる。遠峰を押して僕から奪ってくれないだろうか。もういやだ。そんな言葉が頭をクルクルと回る。僕は疲れた。

「残念ですが…。俺はこいつを手放しませんよ。初めてなんでね、俺が執着できるのは」

最大級の目眩がした。遠峰がどうあっても僕を逃がさないというのは本気だとは思っていたが、これほどまでに念押しされると涙が出そうだった。

鷹司は唇を噛みしめて遠峰を見つめていたが、矛先を僕に向け、きつい瞳で睨みつけると、禁句とも言うべき言葉を口にした。

「…なんでや…。ただ、顔が似てるだけやんか。それに、暁子姐《あきこねえ》さんの方がもっともっと綺麗やった。騙《だま》されてんねん。こんな…」

鷹司が口にした「暁子姐さん」という言葉に、遠峰と矢沢の間の空気が凍った気がした。それを感じたのは僕だけではなかったらしく、その場にいたボディガードの二人も目に見えて緊張する。

口にした、当の鷹司も、まったく表情の消えた遠峰の顔を見て、さすがにマズイと感じたらしく、甘えたような顔をする。

「…ごめん。言いすぎたわ。せやけど…」

「坊。もうけっこうです」

遠峰は鷹司と目を合わせることもせず、手を振って彼を拒絶した。その仕草に、僕は遠峰が負っている心の傷の深さみたいなものを見てしまった気がしていた。

だが。

だからといって、僕は遠峰とずっと一緒になんかいられない。香港に連れていくという彼の一方的な考えが、深く僕の心を打ちのめしてくる。

僕はいったい…。僕の人生というものはいったいどうなっているんだろう。ただ、普通に暮らしたいと、そう思っただけなのに。僕はそんなに悪いことをしただろうか。叶わないことを夢見ただろうか。

溜め息をついて、思った。

もういやだ。

強く心に思うと、不思議なことにフラフラだった身体に力が湧いてきた。逃げよう。どんな障害があっても逃げよう。その時、僕はそう決意した。

遠峰から逃げるのは容易ではないと悟ったばかりだが、そうやって諦めていては一生遠峰に飼い殺しにされてしまう。僕は僕の人生を歩みたい。香港なんかに連れていかれてしまったら、籠《かご》の鳥状態がますますひどくなる。今しかない。逃げるなら…。

そんな決意を固める僕の横で、遠峰は手にしていた煙草を灰皿に押しつけると、失言を犯して固まったままの鷹司に話しかけた。

「坊。まあ、せっかくですから飯でも食いに行きましょう。坊のお好きな中華のいい店がありますから」

さすがに、本家の息子という立場にある鷹司を無下にもできないのだろう。懐柔策を選んだ遠峰に、矢沢とボディガードが動く。

鷹司は遠峰がとりあえず、許してくれたことにほっとしたようだったが、自分が子供のように懐柔されようとしていることが気にくわないのか、俯いていた。

しかし、遠峰が立ち上がったのを機に、座って口唇を噛みしめていた鷹司も仕方なしに立ち上がると出口に向かう。服を破かれてしまった僕に「出たらすぐ買ってやる」と遠峰は言い、大きすぎる彼のジャケットの前を合わせる僕の肩を抱く。僕は黙って従った。

五人でエレヴェーターに乗り一階のロビイに出て、矢沢とボディガードの二人は車を回すために先に外に出た。残ったのは僕と、ふて腐れた鷹司と遠峰。

その時、遠峰に声をかける人間がいた。一緒に振り返れば、腹の出た中年の男が立っている。いかにも金を持っていそうな、趣味の悪い親父。遠峰の口調から仕事先の人間に偶然会ったのだと知れた。

遠峰の仕事相手など、ロクな人間がいないし、僕など邪魔になるだけだから、一歩下がる。話す遠峰の後ろ姿が目に入った時だった。いきなり後ろから腕を取られた。

「え…」

「来いや」

腕を摑んで僕を引きずるのは鷹司だった。その目は怖いほど真剣だ。比例するように強い力で引っ張られ、僕は鷹司に引きずられてしまう。

「やっ…！」

小さく悲鳴をあげた僕に、遠峰が振り返る。鷹司が僕を拉致しようとしてるのに遠峰が気づいた時には、もうだいぶ離れてしまっていた。

「坊！　光一！」

遠峰が声をあげる。それに手を伸ばしたが、無理やり押し込まれたタクシーのドアが無情に閉まる。

「なに…す…」

「黙り」

耳元で告げる鷹司の目は真剣だった。それを示すかのように、堅い感触に目を落とせば、横腹にナイフが突きつけられていた。白く光る鋼に、僕は息を呑む。

「はよ出して」

鷹司は誰にも有無を言わせない口調で運転手に言うと、車を発進させる。冷や汗の浮かぶ顔でそっと背後を見れば、エントランスに出てきた遠峰の姿と、車を出してきた矢沢たちの慌てる姿が視界の端に見えた。

「新宿行って」

低く冷たい声で告げられた行き先に、僕は鷹司の横顔を見ながら、ゴクリと、もう一度息を呑んだ。


「蝦名《えびな》、おるか？　臣や」

タクシーがレインボーブリッジを過ぎたあたりで、鷹司は携帯を取り出すと、どこかへ電話を始めた。タクシーの運転手は僕と鷹司の緊張した空気に当てられて黙ったままだったし、僕も横腹に突きつけられている白いモノが気になって話すどころではないので、静けさの中、鷹司の声だけが車内に響く。

「…今からそっちへ行く。西沢《にしざわ》は？　…おらへん方がええねん。ああ。三十分もかからへん」

そう短く言うと、鷹司は通話ボタンを消した。それからチラリと僕を一瞥すると、すぐに顔を窓の方に向けてしまった。

こんなことをして、とても遠峰が黙っているとは思えない。鷹司もそれをよくわかっているのだろう。彼の横顔は強ばっているように見えた。

いったい、鷹司がどういうつもりで、どこに行こうとしてるのか、まったくわからずに、だけど、鷹司に聞くこともできないまま、車は都心部へと進んでいった。

タクシーは新宿あたりに来ると、鷹司の指示で西口付近のとあるビルの前で停まった。新宿は詳しくないので正確な位置はわからない。それでも、そのビルの異様な雰囲気は、すぐに見て取れた。

運転手に万札を渡し、お釣りも受け取らずに鷹司は僕を車外へと突き飛ばすように降ろした。全面光るタイル貼りで窓のないビルは、いったいなんの商売をやっているビルなのかわからない。その勝手口のようなドアを開け、鷹司に放り込まれるようにして入った内部には、ひんやりとした簡素なコンクリ造りの廊下が長く続いていた。ジーという低い音に気づいて顔を上げると、大きな監視カメラが回っている。絶対に普通の建物じゃない。そう思うと、背筋に寒気が走った。

硬直したまま動こうとしない僕の腕を持ち、引きずるようにして鷹司は廊下を進んだ。二つ目までのドアのガラスは暗くて、室内に誰もいないのを物語っていたけれど、三つ目のドアからは光が漏れていた。鷹司はそのドアを乱暴に開ける。

「坊。お待ちしてました」

中には十人くらいの男たちがいた。簡素な部屋。壁際にスチール椅子と会議用のテーブルがあるくらいで、窓も家具も何もない。男たちはどれもチンピラの匂いをプンプンを漂わせた格好をしている。鷹司に話しかけたのは、その中でも割合まともな格好の男だった。だが、きなくささは中でも一番だ。

「こいつ、上に連れてってや。蝦名、話があんねん」

鷹司の言葉にチンピラが動き、僕の腕を両脇から取る。僕が抵抗できるわけもなく、そのままエレヴェーターに乗せられ、四階まで連れていかれた。エレヴェーターを降ろされ、廊下を進んで突き当たりの部屋のドアを開けて中に放り込まれると、広い室内には豪華なソファセットが置かれていた。そして、壁には大きく掲げられた代紋。

予想通り、組事務所だった。鷹司の実家の組なのかどうか知らないが、なんにしても十分にやばいところに自分がいることだけはわかる。

チンピラに周囲を固められてソファに座り、しばらくすると、鷹司が蝦名…と呼んだ一番きなくさい男とともに入ってくる。二人は僕が座らされたソファの前に腰を降ろした。

蝦名は蛇のような目つきの男だった。いやな視線でじろじろと僕を見回すと、隣の鷹司に向かって話しかける。

「まあ、確かに上玉ですが…」

「イけるやろ?」

「出どころが怖いですな。これくらいのタマになると」

鷹司は蝦名にどんな話をしたのか。何も知らされない恐怖の中で、僕は黙って二人の会話を聞いてるしかなかった。

「蝦名には迷惑かけへん。とにかく、俺はこいつがいなくなればええんや」

「坊の思うようにするのは簡単ですけどねえ」

「お前、海外に顔きくやんか。どこでもええねん。二度と顔出せへんトコやったら」

「オークションに出せば、すぐに買い手がつきますよ。それこそ本当にどこかわからないようなトコにね。それにしても、高く売れますよ、これは…」

蝦名の台詞に、鷹司が蝦名に何を頼んだのか、すぐに知れて、身体中の血が下がる。

鷹司は僕を「売ろう」としているのだ。

鷹司にとって僕は邪魔ものでしかない。遠峰にあれほどに拒絶され、鷹司が一本切れてしまったとしか思えない。だけど、僕は好きで遠峰のもとにいるんじゃない。なのに、なぜ…こんな目に…。

「いや……僕は……」

最悪の展開に初めて声を出したら、鷹司にきつい視線を向けられた。その憎悪剝《む》き出しの目に、僕は息を呑む。

「あんたには悪いけどな。邪魔やねん。どこか遠い遠いところでおっさんに奉仕してるのが、あんたにはお似合いや」

「なんで…こんなことしても……」

「うるさい。黙らせて」

鷹司の一言で、背後にいたチンピラが寄ってきて、僕の両腕を後ろ手にロープで縛ると、口にガムテープを貼る。僕も少しは抵抗したのだが、僕のような男が抵抗しても敵わないのは一目瞭然だった。

自分がどうされるのか、わからない恐怖で鷹司を見つめていると、蝦名が口を開く。

「じゃ、坊、預からせてもらいますけど、売り上げの方は…」

「蝦名の好きにしたらええ。だから西沢がおらへん方がええって言うたんや」

「ありがとうございます。それから…こいつ、あっちの方はどうなんでしょうね？　まったくのサラとか言いませんよね？」

「大丈夫や。お前が驚くような人のお墨付きやで。どんな人間でも満足するはずや。信用できひんのやったらお前が試してみたらええ」

「…そうですね」

そう言いながら僕を見た蝦名の目つきは、心底僕をぞっとさせた。身体中を舐め上げるような目つき。何を試すのか。怖くて逃げようと立ち上がったら、横に構えていたチンピラに乱暴に押し戻される。

「おい。大事な商品なんだぞ。丁重にしろ」

蝦名の笑いが怖い。冷や汗まで流れてきた僕に、鷹司が立ち上がると、近づいてきて僕を見下ろした。

「バイバイ。香原サン。せいぜい楽しんでや。蝦名はええモン持ってるで」

嘲笑に涙が出そうだった。なんで…。なんで僕はこんな目ばかりに…。

鷹司は言い捨てると、さっさと部屋を出ていってしまった。僕はその後ろ姿を目で追いながら、必死でこの状況をなんとかする方法を考えた。

ここにいる人間は遠峰を知ってるのだろうか。遠峰とどういう関係にある組なのか。遠峰の名を出して、彼を呼んでもらえば。それも最悪だが、売られるよりはマシかもしれない。だが、口を塞がれていては何も告げることはできない。僕の逡巡《しゅんじゅん》をよそに、蝦名は趣味の悪いネクタイを緩めると、横にいたチンピラに言う。

「おい。あっち連れてけや」

「蝦名さん、役得ですね」

「お前らにも後で回してやるからよ」

蝦名の言葉に、チンピラたちの間にどよめきが湧く。先刻とは違った視線が僕に注がれる。いくら、今まで強姦まがいに抱かれた経験を積んでいるからといって、姦《まわ》された経験はない。チンピラたちの熱くいやらしい視線に、身体が凍りついていくのを感じる。

「坊も相変わらずわがままですよね」

「末っ子の特権だろ。いきなり電話してきて何を言うかと思えばなあ」

「でも、こんな上玉、どこで…」

「さあな。どうせ、自分の惚れてるオトコが浮気した相手とかだろ。坊もビョーキの世界に生きてるからな」

笑い声で言いながら、チンピラたちは僕を部屋から連れ出し、隣の部屋に放り込んだ。暗い室内に目が慣れなくて、最初は何かわからなかったが、中央に大きなベッドがあるだけの部屋だった。

ベッドに僕を転がすと、室内に薄い灯をともす。逃げるために腕のロープを取ろうとしたが、動くほどに食い込んでくる。足は自由になるのだが、脇を固めているチンピラにすぐに押し戻されてしまい、何もできない。

完全に僕は八方塞がりの状態だった。逃げ出すのはどう考えても不可能で、今からの自分を想像すると、涙が溢れて流れ落ちた。自分の不幸さを嘆く余裕もなくなって、純粋な恐怖だけが襲ってくる。

「さて…」

そう言いながら最後に部屋に入ってきた蝦名の顔を見て、視線が合ってしまい、転がされたままの体勢で後ずさりした。でも、すぐに背後の壁に詰まってしまう。

「逃げられるわけないだろ。諦めな。殺されるよりはマシと思ってな」

そうだろうか。こんなのが死ぬよりマシとは思えない。

いやだ。誰でもいいから助けて欲しい。そんなことを思うのは癪《しゃく》だが、こんなのだったら遠峰の方がマシだ。

蝦名はベッドに乗り上がると、僕の足首を摑んで引きずり寄せた。自由にならない腕の代わりに、足で蝦名を制しようとするけど、強い力で押さえ込まれて敵わない。蝦名は抵抗する相手を強姦するのに慣れている様子で、暴れる僕を子供のように扱ってベルトを引き抜いた。

「初めてじゃないんだろ？　だったら暴れるだけ疲れるから損だぜえ？」

近づく蝦名の顔がいやらしい笑いに彩られていて、僕は目を伏せた。いやだ。そう叫びたいのに、ガムテープに阻まれて声も届かない。

「よっと…」

恐怖に震える僕とは反対に、まったく緊張している様子のない蝦名が僕のズボンを脱がせた。冷房の効いた部屋で、ひんやりした空気に身をすくませる。押さえつけていた蝦名が
「お…」と行動を止めて声をあげた。

「…なかなかいいモノ入れてるじゃねえか」

「すっげえ。エロい場所っすね」

「椿ですっけ？　この花」

脱がされて足を晒《さら》している僕は、同時に蝦名たちに入れ墨を見せてしまっていた。蝦名た

ちにとってはめずらしくもないものだろうが、そこだけは触って欲しくない僕は慌てて身を捩った。

「おい…。そんな暴れ…」

いきなり暴れ出した僕に、蝦名が顔を顰めて強く足首を握りしめた時だった。

「何してる？」

いきなり部屋のドアが開いて、全員がその声の主を見た。蝦名も僕を解放して振り返る。身体を起き上がらせて、目をやった僕にもその人物の姿が見える。

まだ若さの残る顔だった。それでも四十は近いだろうか。格好からして蝦名よりも上の人間なのだとわかった。上に行くほど、これ見よがしの格好がなくなる。それは遠峰や矢沢たちを見ているとよくわかる。

「あ…支部長。いや…」

口ごもった蝦名は、僕から離れて乗り上がっていたベッドから降りると、支部長と呼んだ男の横に歩み寄っていった。

「坊から電話がありましてね。こっちに来てたみたいで、これを預かって欲しいって。オークションに出そうかと思って、ちょっと、味見でも…」

言い訳のように言う蝦名は今までチンピラたち相手に見せていた高圧的な態度とは打って変わった卑屈な態度を取っている。支部長と呼ばれた男は鼻を鳴らして、眉を顰めてみせた。緊張してるチンピラたちの雰囲気からいっても、彼がかなりの権力を占めてると知れた。

「また、わがままか…。揉めるんじゃないのか？　出どころは？」

「いや…それは…」

「確かめてねえのか」

「坊がどうしても教えてくれないんで…」

「そんなモン…」

そう言いながら、支部長は手近にいたチンピラに命じて電気をつけさせる。ぱっと暗かった室内に明るさが生まれ、僕は眩《まぶ》しさに目を瞬かせながら、彼を見た…

時…。

「…ばっかやろうっ！」

支部長がすごいいきおいで、そう怒鳴った。室内にはこれまでにない緊張が張りつめる。僕にはなぜ支部長がそう怒鳴ったのかわからなかった。蝦名やチンピラたちもわけがわからないようで、不思議そうな顔で支部長を見る。

「おい！　すぐに縄、外せ。テープもだ。何かタオルでも持ってきて、テープとか縄とかの跡が残らないようにしろ。早くしろっ！」

僕から目を離さずに支部長はチンピラを怒鳴りつけた。彼らは怒鳴られた恐怖を顔に張りつかせながら、すぐに部屋を出ていった。

僕は支部長がどうして助けてくれるのかわからなくて。どう見ても、今まで一度も会ったことのない人間だ。蝦名もそれが不思議なようで、恐る恐るといった感じで支部長に尋ねる。

「ど…ういうことですか？　知り合いなんスか？」

支部長は渋い顔をしたまま、声を潜めて蝦名を招き寄せた。でも、いくら声を小さくしても狭い室内で、いやでも僕の耳に話が入ってくる。

「蝦名。坊の面倒みるのはいいが、坊の持ってくる話は面倒事しかないってこと、覚えとけや。かなりマズイぞ。…こりゃ、若頭のコレだぞ」

蝦名は「若頭」という言葉と、支部長が差し出した小指に、愕然とした顔になった。

「若頭って……マジですか？」

「お前、姐さんの顔見たことなかったか？　…ああ。死んだ後だったな、お前が組に入ったのは。じゃなきゃ、わからないはずないよな」

そう言うと、支部長は僕の顔を見た。

僕は困惑しながらも、なんとか助かったらしい現状に安堵していた。支部長は遠峰と知り合いだったのだ。そして、遠峰の死んだ奥さんとも。こんなふうに似てることを指摘されるなんて、皮肉な話だと思ったけど。

チンピラが戻ってきて、縄やテープを剝がし、熱いタオルで拭いてくれる。僕はとりあえずされるがままになって、先刻とは打って変わった奇妙な光景を見ていた。

「だって…坊はそんなの…一言も…」

「言うわけないだろ。絶対、若頭に無断で連れ出してきたに違いない。坊は昔から若頭にベタ惚れだからな」

「でも若頭は噂では夢中になってる愛人が…」

「これだよ。絶対。オトコだってのは噂で聞いてたが、絶対に表に出さないから見たことのあるヤツは知らないが…。あの入れ墨見てみろ。ありゃ、斎藤の親父さんか…一番弟子の源が彫ったモノに間違いねえ。本家筋では有名な話なんだ。若頭が噂の愛人に彫りモン入れたって……」

　鷹司からも聞かされた話だった。いったい、どこまで僕は知られているんだろう。顔と身体を隠して、生きていかなければならないのか。

　溜め息をつく僕の耳に、支部長の感嘆した声が届いた。

「…そりゃ、そうだ。ここまでそっくりなら、昔を知る人間なら誰でもわかる…」

　複雑な心境に戸惑いながら、チンピラの手をどけて蝦名に脱がされた下衣をまとおうとした時だった。若い男が携帯電話を持って部屋に走り込んできた。

「支部長。急ぎのお電話です」

　最初は「後にしろ」と怒鳴った支部長だったが、相手先を耳打ちされると、咄嗟に差し出された携帯電話を手にした。小さな機械を握った支部長の顔が一気に緊張感のあるものに変わる。

「…あ…はいっ、西沢です。…そうです。…ここにいらっしゃいます。私の監督不行届きで……どちらにお送りすれば…え？　もう着く？　…はいっ、お待ちしてます」

　支部長は電話を切ると、再びチンピラたちを怒鳴りつけて、片づけるように指示した。そして、蝦名と一緒に近づいてくる。

「矢沢さんが迎えに来るそうです。すいません。こいつも何も知らなかったんで…」

支部長と一緒になって蝦名が頭を下げる。別に謝って欲しくなどなかった。ただ、解放してくれるだけでいいのに。そう思って溜め息をついたが、遠峰の怒りを恐れているのか、支部長と蝦名はいつまでも謝っていた。


それから、ほんの三分後くらいに、矢沢が現れた。遠峰は一緒ではなくて、少しはほっとした。

「光一さん。ご無事ですか?」

「…うん」

テープも縄の跡も、それほど長い時間ではなかったので、消えている。騒ぎを大きくしたくないので、起きた出来事は何もかも黙っているつもりだった。売られるために味見をされそうになったなどと遠峰が聞いたら、関係者全員がただじゃ済まないだろうから。

僕の後ろをついてきていた支部長…西沢というらしいが…がしきりに矢沢に頭を下げる。矢沢は遠峰の部下だけど、西沢から見たらはるかに上の人間らしい。僕には興味もない話だが、上下関係にはすごく厳しい世界のようだから。

「すいませんでした。自分が留守にしていたモンですから。いれば、すぐに若頭のだってわかったんですけど…」

「坊は？」

「いや、もう帰られたみたいで…」

矢沢は僕を先に車に乗せると、自分も乗り込み、後部座席の窓ガラスを開けた。携帯電話で短くどこかと連絡を取ってから、僕が鷹司に放り込まれた出入り口の前で頭を下げている支部長に声をかけた。

「迷惑かけました。また社長がご挨拶に伺うと思います」

矢沢はそう言い残してベンツの窓を閉めた。要塞のようなビルの前には、組の全員が挨拶に出ていて、通行人が何事かと恐ろしげに眺めている。僕は革貼りのシートにもたれて深く溜め息をついた。

「何もされませんでしたか？」

「…そういうことにしておいて」

結局、どこに行っても遠峰の手の中なのだ。そう思うと、気が重くて、落ち込んだ。先刻は遠峰の方がマシだと強く思ったけれど、僕にとってはどちらも地獄に変わりはない。

車は臨海副都心に向かって走っているようだった。遠峰がさっきのホテルで待っているのか。別に知りたくもないので黙って景色を眺めていたが、車は間もなく渋滞に巻き込まれて止まってしまった。

「事故みたいですね」

運転手の言葉に矢沢は頷いて、裏道に入りますか？　という言葉に首を振り、しばらくそのまま進めるように指示した。そんな進まない車中で矢沢がふと、口を開いた。

「光一さん。香港に行くのはいやですか？」

「……うん」

正直な感想だった。聞かなくてもわかってるだろう…という気持ちもある。

矢沢は即答した僕の返事を聞いてから黙ったままだったが、前の席に座っている二人に聞こえないような小声で、僕にだけ聞こえるように言った。

「社長は…決して口には出されませんが、やはり、光一さんに奥様の影を見てらっしゃるんだと思います」

矢沢の言葉に、僕は頷けなかった。

たとえ、それが事実だとしても、僕が遠峰と一緒にいなきゃならない理由になるだろうか。僕は遠峰が好きじゃない。この先好きにもなれないだろう。それは、遠峰が僕を好きだから一緒にいてくれ…と、死んだ奥さんに似てるから一緒にいて欲しい…と、彼自身の口から聞いたとしても変わらない。

気が重くなった。西沢のように遠峰の昔を知っている人は皆、僕に遠峰の奥さんの影を見るのだという事実も、遠峰が決して僕を手放さないだろうという事実も。何もかもが僕を追いつめる。

逃げたい。

とにかく、この場から逃げ出したい。窒息しそうな空気の中で僕はそう思った。鷹司に拉致される前に、ホテルの部屋でも思ったが、ますますその思いは強くなっていくばかりだ。先が見えない現状は憂鬱以外の何ものでもない。先刻、蝦名は殺されるよりマシ…と言ったが、本当にそうだろうか。こんな、いつまでも自分自身がない生活を続けていくのなら、死んでいるのと同じじゃないだろうか。

暗い気持ちに、とことんまで追いつめられて、僕の中で、何かがふっと切れた。ホテルで決意した言葉が甦ってくる。

逃げよう。

「…矢沢さん。ごめん。トイレ行きたい」

呟くように告げると、矢沢は少し黙った後、運転手に目の前に迫っていたホテルに入るように指示した。渋滞をノロノロ進んでいた車は左車線に割り込み、インと書かれたホテルへの道を入っていく。

ホテルのエントランスでドアを開けようとするボーイを制して、ボディガードの男がドアを開けてくれる。僕は矢沢と一緒に車を降りると、彼にロビイで待っててくれと頼み、奥にある洗面所に一人で向かった。

大理石の床を見つめてゆっくり歩きながら、どうやって逃げようかと、フル回転で頭を働かせた。

自分一人でどこに逃げるのか。行く先も浮かばない。僕には何もない。

そうこうしてるうちに時間だけが過ぎてしまいそうで、僕は焦る心を抑えてとりあえず洗面所を目指した。頭の中がいっぱいで前も見ずに歩いていた僕は、ドンと人にぶつかってしまった。

「すいませ…」

謝りながら見上げた先には…。

「光一？」

僕は目の前に立っている男を見上げたまま、目を見開いて声も出せずに立ちつくした。それは相手だって同じだ。僕を見て名前を呼んだきり、動きが止まってしまっている。

まさか、こんなところで会うなんて…。ここのところ、すっかり忘れていた人間。

驚き顔の男は、三崎だった。いつもながらの趣味の悪い派手な格好に、腕には同じく派手な女を連れて僕の目の前に立っているのだ。

あまりの驚きに声も出なかった僕だが、三崎の顔を見ているうちに、これしかないという気持ちが湧いてきた。とにかく、今の僕にはこの場から矢沢にわからないようにいなくなるのが、一番の先決なのだ。そう思った時には、三崎の腕を摑んで引き寄せていた。

「こ…」

三崎が口を開こうとするのを手で制して、柱の陰へと連れていった。三崎は頭の回転が速い男だから、無闇に騒いだりせずに僕に従ってくれた。ロビイには矢沢がいる。見つかったら元も子もないだけに、三崎の慎重さはありがたかった。

柱の陰に立ち、矢沢からは見えない位置だと確認して、僕は三崎を見つめて口を開いた。

「嵩史。車で来てる？」

「それより…お前、いったい今までどこに……何が…」

「説明は後。乗せて欲しいんだ。ここから出たいんだよ」

「車はあるけど、お前さ…」

「いいから。車で説明するから。早く！」

普段は決して焦った態度など見せず、切羽詰まった声などあげない僕だ。長いつき合いでそれを熟知している三崎は、僕がよほどの事態に陥っていると理解してくれたのだろう。絡んでいた女の手を解き、彼女を追いやり、口を噤《つぐ》んだまま僕の腕を取ると力強く歩き出した。

「だめ…そっちは…他の出口」

矢沢のいる方向に連れていかれそうになって、まずいと制止した僕の顔を、三崎が見て頷いた時だった。

「光一さん！」

矢沢の、らしくない大きな声がロビイにこだまする。ビクンとして矢沢のいる方を見ると、ソファや生け花のディスプレイを隔てて、彼がこっちを見ていた。僕の異変を察したらしい矢沢が小走りに近寄ってくる。

それを見た三崎は、僕が逃げようとしているのだとすぐに察したみたいで、僕の腕を強く引っ張って走り出した。

ロビイを行き交う人々が変な目で見ていたが、とにかく逃げ出すのが先決だった。三崎が僕を連れて走り出た先には、運よく、彼が乗ってきてボーイにしまわせようとしていたフェラーリがあった。三崎は助手席に僕を放り込むと、自分も運転席に飛び乗ってすごい勢いでホテルから走り出た。

そっと振り返った車窓からは矢沢がロビイから走り出てくる姿が見えた。矢沢個人には申し訳ないと思ったけど、もう限界だった。耐えられなかった。

三崎は渋滞とは反対方向にフェラーリを走らせ、あっという間に僕たちは新宿を後にしていた。


「いいのか？　焦ってたみたいじゃん、あのオヤジ」

沈黙の中、ようやく口を開いた三崎は言葉ほどに心配している様子はない。僕を呼び止めた矢沢の姿や、別のエントランスで待っていたベンツからして、すべての事情がわかったらしい。

「あれ…遠峰の部下なんじゃないのか？」

「もう…いやなんだ」

だから、逃げた。シンプルな行動だが、計画性はない。僕は溜め息をつくと頭を抱える。

これからどうするのか。どこへ逃げるのか。遠峰が簡単に見つけられないところ。そんなところがいったい、あるのだろうか？

憂鬱に思い悩む僕に、運転席の三崎がバックミラーで後ろを見て、追ってきていないのを確認してからスピードを緩める。車に乗ったら理由を言うとは言ったが、パニックしている頭で自分から三崎に事態を説明できそうもなくて。そんな僕に三崎が話しかける。

「心配してたんだぜ。あの日、お前が帰ってくるって思って待ってたのに来ないしさ。お前も気まぐれだし、会社がわかってるからそのうち会いに行こうって思ってたら、氷室っていったっけ？　あのおっさんから連絡があって辞職願い出しに来たって言うだろ。今って就職難とかいうじゃん。いいのかよ。辞めちまって」

「……遠峰が帰ってきたって言ったろ？　あいつは僕が働くなんて許してくれない……」

「やっぱ、遠峰に捕まってんのか？　氷室にも聞かれた。どういう男とつき合ってんだって。どー見てもヤクザの男たちが会社についてきたって」

やっぱり、傍《はた》から見ればそうなんだろう。事実もそうなんだし。こんな切羽詰まった状況だというのに、なぜか、菱沼さんの笑顔が思い出されて、彼女が僕を誤解せずにいてくれたら…とぼんやり思った。

「…で？　こんなマネしてどうするつもりだよ？」

「……」

答えない僕に、三崎が続ける。

「あいつから逃げるのか？」

「……うん……」

我ながら自信のない小さな返事だと思った。逃げられるのか？　どこに？　どうやって？

答えのない自問自答だけが永遠に続くような気がする。

そんな答えのない僕に、しばらく黙っていた三崎が言ったのは。

「光一。俺とアメリカ行かないか？」

突然、聞かされた思いもよらない言葉に、運転席でハンドルを握ったままの三崎の横顔を見つめて、僕は何も言えなかった。

「どっちにしても、卒業したらしばらくアメリカに留学するつもりだったんだ。向こう行って住むところとか決まったら俺はこっちに国家試験だけ受けに帰ってくるから。お前は向こうにいればいいよ。生活費とかなら俺がいるから心配しなくていいし。遠峰だってアメリカまでは追っかけてこないだろ？」

三崎の言葉にすぐには頷けない。彼が僕のためを思って言ってくれてるのはわかるし、こののますぐにアメリカまで逃げることができるなら、さすがの遠峰だって僕を簡単には見つけられないかもしれない。アメリカは広いし、あちらで引っ越しをくり返したらますますわかりにくくできるだろう。

だが。

心にひっかかる最大の疑問。

それは、遠峰と三崎が入れ替わるだけではないのか？

そんな気持ちが過り、黙っていた僕をよそに、三崎はその生来の強引さで話をまとめてしまう。

「そうだな、そうしよう。ちょうどL．A．に兄貴が買った別荘があるはずだし。いったんはそこに行こうぜ。大丈夫だって。俺がなんとかしてやるから。パスポートもうちにあるし。お前がこの間預けていった鞄《かばん》の中見たら通帳と一緒にあったぜ？」

そう言われて、遠峰が来るかもしれないという恐ろしさから貴重品をすべて旅行鞄に入れて、課内旅行に出かけたのだと思い出す。そして、三崎の家から社に出なくてはいけなくなり、荷物になるからと三崎に預けたままだったのだ。そんなこと、すっかり忘れてしまっていた。

「うん…だけど…嵩史……」

「とりあえずは服だな。遠峰は暴力は振るわないって前に言ってなかったっけ？　なんだよ、それ。ヒドイじゃんか」

そう言われて、自分の格好を見返した。鷹司に破かれたシャツがそのままだった。遠峰が上着をかけてくれたのだが、組事務所で脱がされてしまい、そのまま忘れてきたので、破れたシャツ一枚キリだった。あまりに考えに没頭していたから全然気遣ってなかったけど、こんな格好でよくホテルのロビイを歩いていたものだ。

しかし。三崎になんて言えばいいのか。断るべきなのだが、確かに遠峰から逃げるためには三崎の方法に従うしかないような気がしてくる。

だが…。

そんな愚にもつかないような自問自答をしているうちに車は銀座に着いていた。三崎は彼の行き着けのヴェルサーチの前に車を停め、服を買ってくると車を降りた。

ピカピカに磨かれたウインドウ越しに店員が愛想笑い全開でドアを開けるのが見えた。三崎のワードローブを思い出しても、彼がここの上得意なのは確かだ。そんな三崎は店内に姿を消して三分もしないうちに、ドアを自分で開けて出てきた。あまりの速さにびっくりしていると、窓越しにプライスカードも取られたシャツを渡してくる。すぐ着るから…と、値段も見ずにカードを切ってきたに違いない。遠峰が怒り狂いそうな柄のシャツだったが、僕は背に腹は変えられず、破かれたシャツを脱いで、そのシャツに袖を通した。

「ええと、この辺にあったよな、ＪＡＬって」

シャツのボタンを留めていた僕の耳に入ってきた三崎の言葉に、僕は驚いて運転席に乗り込んできた彼の方を向いた。

「嵩史…？」

「遠峰しつこいからさ。今晩の便でも捕まえて乗っちゃった方がいいって。とにかく日本から出ようぜ」

確かに、三崎の言うことは当たってる。だが。だが…。

迷いがグルグルと回る僕の思惑など無視して三崎はＪＡＬの看板が掲げられたビルを見つ

け、その前の車道に堂々と路上駐車すると、僕を車に残して店内へと入っていった。三崎の行動力にはいつも感心する。

だいたいが初めて会った、入学式の日から拉致されたのだ。世の中は自分の思い通りになると、信じて疑わない人種。そう。遠峰と同じ…。

そう思うと、背筋に寒気が走った。

結局、同じじゃないのか。遠峰と三崎のどちらがマシかと言えば、確かに遠峰ほどしつこくないからマシだと思っていたが、思い返せば同じ高校にいた一年間は、三崎に好き放題にされていたのだ。それからは距離があったし、僕が逃げ回っていたからいい距離が空いていただけで、彼の本質は遠峰と一緒。一緒なのだ。

三崎を見ればカウンターでＪＡＬの人間と話し込んでいる。僕の様子を気遣っている様子はない。

僕は、ゴクリと息を呑んで決心すると、そっとフェラーリのドアを開けた。

三崎に見つからないように、反対側に渡り、後ろを振り返りながら走りに走った。銀座なんて車で連れてこられるばかりで、歩いて回った経験などない土地だ。どっちの方向に何があるのかなんてわからなかったが、とにかく走った。

十五分ほど目茶苦茶に走って、振り返り誰もいないのを確認すると、ビルとビルの間の狭い路地に入り息をついた。ここのところ走ったことなどなかったので息が切れる。息が落ち着いてくるにつれて、パニックになっていた思考も落ち着いてきて、僕は再び青ざめた。

これからどうするか。僕は何も持ってなかった。カードはもちろん、現金だって一円もない。遠峰のもとにいる限り、お金が必要な場面に遭遇しないし、移動手段は遠峰の運転手付きの車だった。それがいやだと思って築いた自分の生活もすべて壊されてしまった。中野のアパートも引き払われてしまったし、遠峰はあの中にあった僕の私財すべてを捨ててしまったはずだった。

それにパスポートやわずかばかりの預金を収めた通帳は三崎が持っている。彼のマンションの僕の鞄の中にある。

八方塞がりだった。どちらかを頼らなければ、僕はご飯を食べることさえできないのか。情けないと言うかなんと言うか。どうして僕ばかりが…と、思って思わずしゃがみ込んでしまった時。

「…香原…?」

はっと振り向けば。

なんと、氷室が立っていた。

僕に負けじと驚いた表情。しゃがみ込んだまま彼の顔をじっと見上げる僕の側に近寄ってくる。僕は突然の彼の出現に驚いていたが、とにかく冷静になるしかないと、彼が目の前に来る一歩手前で立ち上がった。

「やっぱり…。そこの喫茶店で打ち合わせをしてたら、お前が走っていくから…。こんなところで何してるんだ？　いや、いったいお前…」

氷室の顔は不審げに眉が寄せられている。それはそうだろう。辞表を出した後、消息もわからなかったはずの僕が、こんな、銀座のど真ん中のビルの谷間で座り込んでいるのだから。僕だって立場が逆ならかなり驚く話だ。

「とにかく、時間あるか？　話でも…」

と、言われて僕は悩んだが、この際相手が氷室でも利用できるものは利用しなくてはと思った。一文無しではどうしようもないのだ。返す当てのない、当座の金を貸してもらうには、氷室のように金に困っていない男が一番だ。

そう思い、僕は氷室に素直に従って、二人で近くの茶店に入った。普通のサラリーマンが数人見られる店内で、三崎が買ってくれたヴェルサーチと派手な容姿で僕は悪目立ちをしていたが、仕方がない。氷室に隅に座るように求めて、僕たちは古い椅子に腰かけた。

ウエイトレスにホットを二つ頼んで氷室は煙草を取り出すと、驚き顔のまま、戸惑いを隠せない様子で口を開く。

「辞表は人事の方に出しておいた。人事としては急すぎて受け取れないと言われたんだが、その後、お前がどこに行ったのかもわからなくなったから、受理されたと思う」

「すみませんでした…」

「中野に行ったが、引き払った後だった。お前、今、どこにいるんだ？」

そんなことを聞かれても答えられるわけもない。実際には広尾にいるわけだが、逃げ出してきているわけだし。

沈黙したまま答えない僕に、氷室がライターで煙草に火をつけながら言う。

「三崎くん…に連絡して、お前の事情を聞いたよ。お前が言ってた意味も、お前につき添って社に来ていた人間の意味も…わかった」

「そうですか」

それとなく、遠峰の「仕事」を説明しておいたが、三崎に聞いたのならば、詳しい事情もわかったに違いない。やはり、最初から会社勤めなど無理があったのだ。

「氷室さんや課の皆さんには迷惑をおかけしました。せっかく、仕事を教えていただいたのに」

「だけど…お前、それでいいのか？」

氷室の切り返しに沈黙する。

「お前みたいに出来るヤツがヤクザなんかに囲われたまま…。このまま辞めてしまっていいのか？」

いいわけがない…いいわけがないけど、仕方がないのだ。

辞表はすでに受理されてしまったわけだし、第一、この状況で会社になんて行ってられるわけがない。この先、僕が日の当たる場所で働ける可能性はないだろう。遠峰に見つからない、身元のばれない場所でしか…。

考えるほどに暗い気持ちになる。僕は犯罪者か？　何もしていないのになぜこんなふうに逃げて、日陰の生活を強いられるんだ。

ふう…と、目の前に氷室がいることも忘れて溜め息をつく。視線を感じて顔を上げれば氷室が見ていた。目の中に笑いの色はなく、まるで哀れむような瞳。そんな顔の彼を見たことがなくて、僕は自分に向けられた同情に耐えきれなくて俯いた。

「…仕方ないんです…。詳しい話はできませんが、少しだけでもちゃんとしたところで働かせてもらっただけでありがたいと…」

口ごもった僕に、氷室は唐突な言葉を切り出した。

「お前、俺と一緒にドイツに行かないか？」

ドイツ……。

は…？　と思って顔を上げる。確かに、今、僕の耳にはドイツって聞こえた気がした。不思議顔の僕とは違い、氷室はらしくない真剣な顔で僕を見ている。

「俺、転勤でドイツに行くことになったんだ。来週発つ。お前も向こうに駐在するって形で転属願い出してやるから…」

転属…と言われ、氷室が重大な事柄を忘れているのでは…と思った。僕はもう会社を辞めた身だというのに。

「で…も、僕は辞表を出して受理されて…」

「撤回させればいい。お前は本当は辞めたくなかったんだろ？　大丈夫だ。俺がなんとかしてやる」

氷室の自信がわからなかった。確かに氷室は仕事が出来るかもしれないが、所詮《しょせん》、建設部の一課長だ。人事に口を出せる身分ではないはずだ。

そんな僕の疑問が顔に出ていたのだろう。氷室は少し迷うような素振りを見せてから口を開いた。

「…実はな。どこにもオフレコになっているんだが、うちの会社の会長は、俺のじいさんなんだ。お前の辞表を撤回するくらい、なんとでもなる」

氷室の言葉に僕は呆然としたが、今までの彼の会社内での傍若無人ぶりを納得した。僕がいきなり氷室のもとへ異動になったわけも。この若さで課長というのも、確かに会長の血縁ならば可能なことだろう。

「ドイツまではその男も追いかけてはこないさ。仕事したいんだろ？」

確かに、ちゃんと就職してきちんと自立したくて会社に入ったのだ。入社当初には不本意にもトラブルを起こしてしまっていたが、なんとかやっていけそうだと思っていた。

そんな会社に戻れるならば、収入もできるし、先も見える。ドイツという遠い土地ならば遠峰の目も届かないだろう。会長の孫だという氷室に頼めば、会社内での僕の存在を消してもらうことだって可能かもしれない。身を隠して、遠い知らない土地で働けるのならば…。

遠峰の勝手にされてしまい、頓挫《とんざ》した人生をもう一度やり直せるチャンスかもしれない。

だが…。

微かな希望の湧いた僕の心には、あっという間に暗雲が立ち込める。

だが、相手は氷室なのだ。

どう考えても下心なしでこんな話を出すわけがない。ドイツに行く氷室についていくということは、当然、氷室と一緒なわけだ。すると…、彼と関係を持つのに同意する…という話なのではないか？

ということは…。

三崎とも遠峰とも変わらない。同じだ。場所が違うだけで。

ザーッと血の気が引いた。

目眩。悪寒。吐き気。頭痛。僕はクラクラする頭を押さえようとテーブルに肘をつく。

「よし、善は急げだ。ちょっと電話してくるから、ここで待ってろ」

僕の返事を聞きもしないで氷室は立ち上がると、携帯電話の電波状況が悪い店内を出ていった。誰も僕の返事を聞かないのは共通している。僕の言うことなど聞いちゃいない。

同じだ。皆同じ…。

僕はブッブッと呟きながら、ふらあと立ち上がると、氷室の出ていった反対方向の出口から、その店を後にした。


空が綺麗だった。

遠峰に閉じ込められている間に季節は七月になっていた。暑い日差しも夕方近くになってきているせいか弱まってきていて、ずっと屋敷内で過ごしていた身にはありがたいくらいだった。青い空にところどころ広がる白い雲。見ているうちに空なんて見上げるのはいつ以来だろうと思う。そんな余裕などなかった。いつから？　ずっとだ。

風が吹いてくる。氷室から逃げるように店を出て、気づけばこのビルの屋上に上っていた。腰丈ほどの鉄柵《さく》から乗り出して下を見れば、人が豆粒ほどの大きさで行き交うのが見える。ここから落ちたら死ぬだろうな…とぼんやり考えた。

いったい、僕が何をしたというんだろう。

神様がいると思ったことはないが、それにしてもヒドすぎる人生だ。二十三にならずして、選択の余地のない人生など。選択もあるにせよ、香港かアメリカかドイツ…。笑ってしまう。どれも同じだ。

どこかで消えてなくなりたい。あまり悲壮的な考えをする方ではないが、この状況には涙しか出ない。どうしたらいいのかも、もう何も浮かばない。

「はあ……」

乗りかかった鉄柵から、空に向かって派手な溜め息をついた時だった。

「光一！」

振り返れば三崎が立っていた。

「何してんだ…こんなところで…捜したぞ」

眉を顰めて近づいてきながら三崎は文句を言う。どうして三崎に見つかったのかわからなかった。だが、現実に彼がここにいるのは確かだ。

「車から急にいなくなるから、遠峰に連れていかれたのかと思ったぜ。捜しながら走ってたら、このビルの上に人影見つけて…。よかった。さ、行こうぜ」

どんどん近づいてくる彼に、僕の逃げ場はない。三崎に捕まれば強引に連れていかれてしまうのは間違いない。僕は咄嗟に、本当に咄嗟に、なんの深い考えもなしに、寄りかかっていた鉄柵を越えていた。

「来ないで。嵩史」

鉄柵を越えれば、空中まで三十センチほどの幅しかなく、あと一歩でダイビングできる体勢になってしまう。足元は不安だったが、鉄柵に捕まって三崎に向き直った。三崎は僕まで五メートルほどのところで立ち止まって固まって僕を見ている。

「おい…危ないって。何してんだよ光一」

「ごめん。嵩史、僕はアメリカに行きたくないんだ。ほっといて欲しいんだよ」

「アメリカがいやならお前の好きなトコでいいぜ。フランスでもイギリスでも」

そうじゃない。そういう問題じゃなくて…。

僕は三崎に言い聞かせる言葉を考えたが、うまい言葉が思いつかない。今までもそんな言葉が思いつかないから、彼の好きにされていたのだ。心を暗雲が立ち込める。

どうしようか…と思った時、立ち止まっている三崎の後ろの、屋上から降りる階段に通じるドアが音を立てて開いた。三崎もその音に振り返る。

そんな僕たちの目に映ったのは…。

「氷室…さん……」

息を切らした氷室が現れた。三崎の姿を見て驚き、鉄柵を乗り越えている僕を見てもう一度驚く。いつも冷静だった氷室の、いくぶん焦った顔を初めて見た。

「おい…香原。何して…いったい、どうなってんだ。なんでここに三崎くんがいる？」

「それを聞きたいのは俺の方だぜ。悪いけど、氷室さん。取り込んでるんだ。またにしろよ」

氷室は歩いて三崎の位置まで来て、彼と並んで立つ。この二人が揃ってしまった最悪の状況に、僕は目眩を覚えて鉄柵に身を寄せた。

「俺だって急いでるんだ。香原、ドイツの件、OK出たぞ。早く行こう」

「ドイツ？」

その言葉に三崎が気色ばんで氷室に食ってかかる。

「何言ってんだよ。光一は俺とアメリカ行くんだよ」

「彼は転勤でドイツに行くことになったんだ」

「転勤って光一は会社、辞めたんじゃないのか？」

「復職したんだよ。学生の君にはわからないだろうな。香原は仕事を続けたいと望んでいるんだ」

「何言ってんだよ。どうせ自分が光一と一緒にいたいから、手を回しただけだろ?」

「君だって何がアメリカだ。意味もない留学に香原ほど頭のいい人間をつき合わせる気か?」

「なんだと?」

三崎と氷室は今にも摑み合いそうな勢いで言い合いを続けている。思えば、最初からこの二人がケンカにならないことの方が不思議だった。葉山の保養所では悪巧みで結託するという目的があったから波風が立たなかったものの、元来三崎と氷室は似すぎてて近親憎悪を起こすタイプなのだ。

いつまでも堂々巡りの二人の言い合いに、嫌気がさして僕は溜め息をつきながら顔を上げると二人を見据えて言った。

「やめろよ、二人とも」

ようやく口を開いた僕を、二人は黙って見ると、今度は僕を詰問し出す。

「光一、どういうことだよ。なんでこいつとドイツなんて話が出てくるんだ?」

「香原。こんな坊ちゃんとアメリカに行ってどうなる? ドイツで仕事をしろ」

二人とも自信満々に生きているので声量が大きい。ワアワア喚《わめ》かれて僕は心身症になってしまいそうだ。

「両方に行くって返事をした覚えはないよ。二人とも悪いけど僕のことはほっといてくれ」

疲れきった様子で言う僕に三崎が肝心な点を突く。

「じゃ、どうすんだよ？　お前、そんな身ひとつでどうやって遠峰から逃げるつもりだ。それとも遠峰のところに戻るって言うのか？」

遠峰の名前を出されただけで背中を悪寒が走る。逃げてきてしまった僕。遠峰は血眼で僕を捜しているだろう。

「そうだぞ、香原。冷静になって考えてみろ。何が自分にいいか。そしたらドイツで復職するのが一番だってわかるはずだ。お前に働く場を与えられるのは俺だけだ」

「うるせえよ。だいたい、なんであんたが出てくるんだ？　俺なんか光一が十五の頃から知ってんだぜ。俺といた方が安心できるに決まってんだろ」

「時間の長さじゃない。君には親の金しかないだろう。香原の能力を考えて彼のやりたい仕事を与えられるか？」

「何言ってんだ。光一は働く必要なんかねえんだよ」

またも、二人の無駄な言い合いが始まり、僕は口を出すのも諦めて、何げなく振り返って下を見た。相変わらずの人通りの多さ。だが、その中に道路を占領する数台のベンツを見て、僕は身体中の血が一気に下がるのを感じた。

思えば、隠れたつもりでもこの二人でさえ僕を見つけてここにいるのだ。と、いうことは。プロの遠峰と矢沢たちにかかれば…。

恐ろしい考えが浮かんで、通りから目を上げて二人の方向に戻す。次の瞬間、身も心も凍りついた。

階段からのドアがゆっくり開く。覗く足。日差しを受ける長身。煙草を咥えた姿は…。

遠峰だった。

ガクガクと膝の震えが止まらない。真っ青な僕の顔を見て、二人は振り返り、そこに遠峰の姿を発見するとピタリと口を閉じた。三崎は遠峰を知っているし、氷室は知らなくてもその雰囲気ですぐにそれが遠峰だとわかったらしかった。

遠峰は煙草を咥えたままゆっくりと進んで、二人の少し後ろの位置で立ち止まる。

「三崎。どさくさに紛れて光一と犯ったらしいな。どうだ？　お前が抱いてた頃よりもいい身体になってただろ？」

三崎は遠峰の出現に真っ青になっていた。とても、遠峰に隠れて同居しようと言っていた人物とは思えない。遠峰は実際に会うと、誰をも萎縮させる雰囲気を持っている。二度と会いたくない…そんな気分を起こさせる雰囲気。

三崎は何も言えずに遠峰と目を合わせないように顔を背ける。いくら三崎が怖いもの知らずでも、遠峰との直接対決を望むほどのバカさ加減はない。

遠峰はそんな三崎から視線を外し、今度は氷室に向き直る。

「で、三崎だけならともかく、なんでM物の会長の秘蔵っ子がいるんだ？　あの会長も度胸あるな。ちょっとしたスキャンダルが命取りになるご時世だ。俺を敵に回したくはないだろうに」

今度は氷室が青ざめる番だった。

氷室の顔つきから言って、彼が僕を囲っているヤクザとして想像していた人物と遠峰は遠いものであるらしい。遠峰は単純なヤクザ者ではない。だから、鬱陶しい。氷室にもそれが一瞬にして見て取れたようだった。

遠峰は表立ってはいないが、企業脅迫の元締めみたいな男だ。氷室のようなカタギの世界だけで生きてきた男が敵う相手ではない。

二人は何も言えなくなって固まり、遠峰は吸い差しの煙草を投げ捨てる。

「光一、帰るぞ」

そう、一言だけ言われて。

それでも、僕は足が動かなかった。遠峰を前にしてしまっては、二人はアメリカだのドイツだの言う気力もなくなったようだが、僕にとってはいまだ死活問題の香港行きが待っている。

遠峰の言葉に従ってしまえば、明日にでも香港に連れていかれて、そのまま一生幽閉されるに違いない。今度こそ遠峰は僕の脱走を阻むためにどんなことでもするだろう。体面を気にする職業の彼が、こうまで逃げられて内心怒り狂ってるのは間違いない。

「光一。聞こえないのか」

聞こえている。はっきりとした腹に響くようなバリトン。僕は鉄柵を握る震える指先を見つめながら冷や汗が流れるのを感じた。

鼓動が速く鳴る。決して気の長くない遠峰が、ただでさえ怒っている遠峰が、怒りに狂うのは時間の問題だ。なんとかしなくては…と思うが、身体も頭も働かない。

「遠峰！」

その時だった。全員が乱暴に開いたドアの音に振り返る。三人がやってきた階段からのドアの前には、息を切らした鷹司が立っていた。

新宿の組事務所で僕を置いて出ていった鷹司がなぜ、ここを突き止めてやってきたのか。僕にはさっぱり状況が飲み込めなかったが、実際、鷹司がいるのは間違いない。

遠峰は鷹司を振り返り、彼の顔を冷たい目で見ると、口を開く。

「坊。いい加減にした方がいいですよ」

遠峰は組事務所で僕がされようとしたことを知ってるのだろうか。知らないとしても、鷹司が無断で僕を連れ出し、新宿に連れていった事実に腹を立てているに違いない。鷹司に対する遠峰の顔は、先ほどまでとは違う、厳しいものが漂っていた。

鷹司は遠峰の声音の違いを読み取ったようで、少し怯《ひる》んだ顔を見せた。だが、めげずに遠峰に近寄る。

「なんでや。なんでそんなにこいつがええ？」

「関係ないと言ったでしょう」

「遠峰、俺と一緒に香港行こ？」

鷹司の真剣な言葉も、遠峰は歯牙《しが》にもかけない。

いきなり登場した派手な関西弁の男に、三崎も氷室も不審げな顔で彼を見ていた。二人とも遠峰に言い寄る若い派手な男の出現に驚き、事情はなんとなく飲み込めたものの、いったい、鷹司が何者なのか、想像もつかないようだった。

「それは坊の勝手です。ただ、今回の件は本家に報告させてもらいます」

きっぱりと言った遠峰の言葉に、鷹司は目に見えて青くなった。

「な…んで…」

「そりゃ、自分のオンナ、勝手に売られようとすれば誰だって怒るでしょう。坊だからこれくらいで済ますんですよ」

そう言って、鷹司を見た遠峰の目は、かつてないような冷たさを孕《はら》んでいた。鷹司はもちろん、僕やその場にいた三崎と氷室も息を呑んでしまうほど。

鷹司は何も言えなくなってしまい、俯いて手を握りしめていた。が、開き直ったように顔を上げ、再び遠峰に挑む。

僕は、もう、鷹司を尊敬してしまいそうだった。あの遠峰相手にそこまでできるのは、いくら実家の力に裏打ちされているからといって、彼個人のキャラクターなしに可能になるものではないだろう。

「…怒ってんのはこっちの方や。こんな男ほっといたらええねん。…だいたい、なんやねん、こいつら」

鷹司は三崎と氷室を見て眉根を寄せる。彼らが、二人のわずかな会話で鷹司が遠峰とどういう関係かすぐに把握したように、鷹司もその直感で三崎と氷室がなんなのか、すぐにわかったようだった。

「なんや。やっぱり、遠峰が惚れてるだけあってもてんねんなあ。ええやん。こいつらにあげれば。遠峰には俺がいる。なあ、はよ行こうて」

「坊。本当に怒りますよ」

遠峰は苛々《いらいら》を隠さない真剣な声で言った。冷えきった、低い声。それにはさすがの鷹司も一瞬黙ってしまう。三崎も氷室も、その冷たい雰囲気に一瞬で緊張してしまう。

遠峰はもう鷹司に構うのは終わりだというように、彼を背にした。子供のように口唇を噛みしめた鷹司が、相手にしてくれない遠峰の代わりに矛先を向けたのは…。

「お前なんか…いなくなってしまえば…。何してんねん。そんなトコで中途半端に。はよ、飛び降りてしまえばええんや！」

そう言われて、僕は鷹司を眉を顰めて見返した。子供の八つ当たりを向けられて迷惑だと思ったのだ。

鷹司が遠峰に相手にされないのは僕のせいじゃない。僕にしてみれば、遠峰が鷹司とうまくいってくれたらそれは素晴らしいと思っているのに。鷹司が僕を売ろうとしたのだって、間違ってた。

ただ、逃がしてくれるだけでよかったのに。僕は逃げられない状況にいるのだ。それを助けてくれれば。

そうすれば、こんなふうに屋上の縁で立っている現状もなかっただろう。

だが、鷹司の台詞を頭の中でリピートしてみて、僕ははっと気づいた。


はよ、飛び降りてしまえば……。


僕は下を覗き込んだ。

道路を歩いていく豆粒みたいな人間。十分な高さ。ゆっくり振り返れば、僕を目茶苦茶にするだけの、目の前の四人。

確かに、鷹司の言うようにここから飛び降りれば、僕の人生に片がつく。

この、くだらない人生に……。

殺されるよりはマシ。死ぬよりはマシ。そうかな。このままずっと一生を遠峰の籠の鳥として過ごしていくのなら、僕の意志なんて何もない状況で過ごしていくのなら、死んでいるのと同じじゃないだろうか。

そう思ってしまったら、僕の身体は自然と動き出していた。フラ……と僕は歩き出す。鉄柵を頼りない手つきで持ったまま屋上の隅へと向かう。

「光一！」

「香原！」

三崎と氷室の呼び止める声が聞こえる。それでも僕は何かに取りつかれたように進むのをやめなかった。フラフラと歩き、辿り着いたコーナーに鉄柵から手を離して立つ。頼りない体勢で下を見れば目眩がした。

恐怖？　誘惑？

どちらにせよ、これで終わると思うとなんだか解放されたような気分だった。

「やめろって……光一…」

「落ち着け……」

真っ青な顔で寄ってこようとする三崎と氷室に叫ぶ。

「来ないで！　来たらすぐに飛び降りるよ！」

二人はぴたりと足を止める。その後ろの遠峰は何も言わずに僕を見ている。鷹司の顔は期待に満ちているのかと思いきや、自分の言ったことで僕が行動に移した責任感からか、少し青ざめていた。

「もう…いやなんだ…」

僕はいつも追いつめられていると感じたことはなかった。三崎に初めて犯された時だって、それまでの経緯からやっぱりな…と思ったくらいだったし、その後もいろんな人間に好きにされても、自分の運命だから仕方ない…と、思えるほどだったんだ。

だけど。

遠峰に囲われて生きていくのは辛い。何が辛いって、うまくは言えないけど、僕には向い

てない。

遠峰はなんやかんや言って、僕を大切にしてくれていると思う。遠峰のもとにいれば、何不自由ない生活が送れるってわかってる。僕さえ、遠峰の言うことを聞いて暮らしていれば、遠峰は何も言わないはずだ。

けど。それは僕の意志じゃない。

遠峰を僕は好きではないし、好きになどなれるはずもない。だって、遠峰は男だし、僕はゲイじゃない。そういう状況にいても、そうじゃないんだ。

遠峰の奥さんの話を聞いてしまったのも、きっかけのひとつだったと思う。遠峰にノスタルジックな思いがあるのかどうかはわからないが、僕の気を重くさせたのは事実だ。

遠峰自身に言われたわけじゃないけど、そんなことを言われても困る…というのが本音で。

僕の今までの人生はなんだったんだろう。

誰も僕の言うことを聞いてくれなかった。僕はいつも流されるばかりで、皆、僕がどうしたいのかなんて聞いてくれなかった。


誰も、僕のことをわかってくれない。


シン…となった屋上に、地上からの騒音だけが響く。僕は独り言のように呟いた。

「僕は自分の人生をちゃんと歩きたかった。僕はホモじゃない。男と寝るのが好きなわけじゃない。ちゃんと働いて結婚して家庭を作って、穏やかな老後を迎えたかっただけだ。そんな普通の望みがなぜ叶えられないんだ？　いつもどこに行っても男ばっかにつきまとわれて…もういやだ。いやなんだ。こんなの…」

僕がこれほど追いつめられたのは、年のせいもあるかもしれない。気づけば大学も卒業した年だ。なのに、僕はいまだにこんなふうに男に追いかけられて生きている。

いつまで経っても僕には同じ境遇しか与えられない。どこに行っても。それが死ぬほどいやだとは思わなかったし、死ぬほどじゃないと思ってきたけど、死ぬってのは解放されるということなのかもしれない。

危険な考えだったが、まさに、崖《がけ》っぷちの僕にはそれは誘惑だった。

甘い誘惑。

足を一歩ずらす。踵《かかと》が宙に触れているような感覚。ここから…。

「やめろ…光一！」

「来ないで！　下がって！」

走り寄ってきそうな三崎に叫び返す。三崎も氷室も真っ青な顔だった。二人とも嫌いなわけじゃない。だけど、二人とも求めてくるものがおかしいんだよ。

真剣な顔の僕に、三崎は氷室と顔を見合わせて僕から目を離さずにジリジリと下がる。遠峰と同じくらいのラインまで下がると、遠峰を縋るように見た。

「遠峰……」

何も言わずに見ているだけの遠峰の横で、鷹司が不安げな顔で彼の肘をつつく。自信満々な顔で「飛び降りろ」と言っていた彼の姿はない。まるで子供だ。

遠峰は誰とも目を合わせることなく、僕だけを見ていた。

そんな姿をぼんやりと見ながら、今までの遠峰との記憶が頭の中をクルクルと回った。

遠峰に出会わなければ、僕の人生はまともだったろうか。

あの時、遠峰の店に勤めなければ。遠峰のマンションに行かなければ。遠峰に自分のことを話さなければ。

どれも、今さらな後悔だ。

けれど、きっと、僕はいつか遠峰のような男に出会っていたに違いない。僕が望むと望まざるとに拘《かか》わらず、僕の人生はそういうものなのだ。

遠峰を好きになれば…。好きになって彼に囲われるのを納得すればよかったのだろうか。亡くなった遠峰の奥さんの代わりに、遠峰の側にいるのを納得すればよかったのだろうか。

だけど、それは、僕には無理な相談だった。僕が生まれ変わりでもしなければ…。

生まれ変わる。そうだ。生まれ変わるならまともな人生がいい。今度こそ、好きな人と結婚して（もちろん女の人）幸せに暮らせるような。何も望まないから、それだけがあれば。

足をずらす。足が半分宙に浮く。このまま手を離せば…。

僕は別の世界に行けるんだ。

そう思った時、遠峰が懐から煙草を取り出すのが見えた。思わずその動作に目が行ってしまい彼と目が合う。

遠峰は嗤った。余裕の表情だった。

一瞬、気を取られてしまう。皆が緊張してる中、一人だけ泰然とした遠峰。その自信はなんだろう…。そう思ってると、遠峰が視線を外さないまま、僕に言ったのは…。

「光一。わかってるのか？　そこから落ちたら…痛いぞ」

はっきりとした低い声が耳に届く。

痛い…。

思わず足を戻して、振り返って下を見れば、豆粒のような人と車。高いビルの屋上だ。痛いだろう。ここから落ちたらそれは痛いだろう。そんなことを考えていなかった僕は、いきなり現実に戻って青ざめた。

それまでの決意はどこへ行ったのか。僕の身体は痛さへの恐怖で震えていた。一瞬でも飛び降りようと思った自分が信じられない。飛び降りてグチャグチャになった僕の姿が脳裏に浮かぶ。痛みに呻く僕。呻くどころじゃないだろう…。

僕は愚かで。学校の勉強はできたのだが、愚かさというものはそういうもので測れない。

それが、遠峰の作戦だなんて気づきもしなかったのだ。

だから。振り返って下を覗き込み、その恐怖に震えていた僕の隙をついて、遠峰が背後に走り寄ってきたのにも気づかなかった。腕をすごい力で掴まれ、引き上げられて、鉄柵を乗り越えて引きずり戻されても。

遠峰の思惑なんて気づきもしなかったのだ。

「…ったく……」

目の前では遠峰が眉を顰めて見下ろしている。背後には青い空。

僕は…。

僕は屋上の床に遠峰に押さえつけられていた。あまりに素早い出来事に頭がついていかなかったが、自分が飛び降りられなかったのだけは把握できた。目の前に遠峰がいるのだ。ここは天国じゃない。

地獄だ。

「バカか、お前は。ここから飛び降りたら、痛いどころの騒ぎじゃないぞ。即死だ」

そう言って遠峰は僕の腕を摑んで引き上げた。乱暴に扱われクラクラする頭に単語が回る。

即死？

だったら、痛みも感じないんじゃ…。

ゆっくり見上げた遠峰の顔は嗤っていた。

「痛いのがいやで、素直に身体を開くようなお前だ。ああ言えば絶対に飛び降りることはしないと思ってな」

そんな…。そんな…。

僕は遠峰に騙されたのか？　声も出なかった。瞬きもできなかった。急激に情けなさと疲れが襲ってくる。

僕は…僕は……。

顔を上げれば、三崎も氷室も鷹司も啞然としていた。だけど、一番啞然としていたのは僕だろう。

「ほら立て」

引きずり上げられ、立たされて、僕はクラクラする頭で遠峰を見た。現実の遠峰。これが現実なのだ。摑まれた腕。僕は捕まった。捕まったのだ。遠峰に…。

もう、逃げる気力は湧かなかった。何かが僕の中で終わりを告げた。生まれたのは、本物の諦め。

立ってられなかった。グズグズと崩れていく身体を遠峰に支えられ、僕は死刑場に連行されていく囚人のような気分だった。誰とも目は合わせなかった。

心の中では葬送行進曲が鳴っている。愚かな僕を嗤うように。

古いエレヴェーターに遠峰と二人で乗り、一階に着いてゆっくりと開いたドアの向こうには矢沢や遠峰のボディガードといった部下たちが待ち構えていた。僕は矢沢に会わせる顔がなくて、俯いたまま遠峰に従った。車の後部座席に僕を先に入れ、遠峰は矢沢と少し話をしてから車に乗り込んできた。鷹司の後始末の話でもしていたのかもしれない。

僕はもう疲れきっていて、どうでもいい気分でシートに沈み込んで目を閉じた。これからどこへ行くのか。聞いたって教えてはもらえないだろうし、僕にはもう、何を言う権利も与えてもらえないだろう。

めずらしく運転手しか乗っていない車が発進する。遠峰は何も言わなかった。言葉もないほどに怒っているのだろうと思うと、どれほどの報復が待っているのか想像できなくて怖かった。けれど、僕には逃げる術《すべ》はまったくない。絶望とともに、遠峰の言う通りにするしかないのだ。

しばらく走った車が停まったのは紀尾井町のホテルだった。遠峰は僕には何も言わずに先に車を降りる。僕は連行されるみたいに腕を摑まれるのを想像していたので、なんだか拍子抜けした気分で戸惑いながら車を降りた。先に歩いていってしまう遠峰は僕を振り返らない。いつもならば遠峰本人じゃなくても、矢沢や部下が僕を見張って連れていくのに、その人影も見当たらない。運転手もすぐにベンツを発進させて行ってしまった。

どういうことなのか判断できないままに、僕は遠峰の後をゆっくりとついていった。遠峰はフロントでカードキーを受け取ると、ボーイの案内を断ってエレヴェーターホールへと歩いていく。僕はそのまま遠峰についてエレヴェーターに乗った。

遠峰は僕を見なくて、チラリと見た横顔も表情がまったく消されていた。いや、どこか疲れたような表情。溜め息でもつきそうな顔をしている。

僕の戸惑いは深まった。怒る遠峰をどう受け止めるかということしか考えていなくて、遠峰がそんなふうに疲労感を見せるなんて思ってもいなかったのだ。

いつものスウィートの階でエレヴェーターは止まり、降りていく遠峰について僕もエレヴェーターを降りた。カードキーで部屋を開けた遠峰に続いて中に入る。遠峰は何も言わずにソファへと身を沈めた。大きな掌で額を覆って、目を閉じている様は見たことのない遠峰の姿だった。

僕の前で見せる姿はいつだって恐ろしいほどに冷たい雰囲気の遠峰で。少しでも弱さを感じさせるような遠峰は見たことがなかった。

僕はどうしたらいいかわからずに突っ立ったまま遠峰を見ていた。しばらくして、遠峰は沈んでいた体勢を立て直して、目を開き、僕を見つめた。

「…何が不満なんだ?」

掠《かす》れた声。本当に遠峰が疲れているのだと思った。

僕は答えられなくて…。遠峰の質問の答えはひとつだったのだけど、目の前の遠峰に告げられなかった。

「何が欲しい? どうして欲しい? なんでもお前の望みは叶えてやる」

遠峰は言葉を続けるけれど、僕には何ひとつ言葉はなくて。僕の唯一の望みを遠峰は叶えられないはずだから。

解放して欲しい。

それが、僕のたったひとつの望みだったから。

「なんでもしてやるから。…ああいう真似だけはやめてくれ」

そう言って、遠峰は顔を覆って俯いた。

僕は驚いて、瞬きさえできなかった。遠峰が「ああいう真似」と言ったのは、僕が自殺しようとしたことだろう。それに遠峰はかつてないほどの衝撃を受けて、僕に見せたくはなかったに違いない、自分の弱さみたいなものを見せてしまっているのだ。

驚いた。だって、遠峰はあの屋上で平然と嗤って僕を見ていたじゃないか？ まるで賭けみたいな行動に出て、僕を引きずり上げたんじゃないか？ 余裕の態度で僕を連れ戻したんじゃないか？

僕はわからなくて、パニックになる思考の中で、遠峰が妻子を亡くしているのを思い出した。僕にそっくりだったという奥さん。彼はそれを思い出したんだろうか。

なんて答えたらいいのか、どうしたらいいのかもわからずに、僕は固まったまま立っていた。

こんなふうに遠峰の内面に触れてしまうようなことになるなんて。苦痛だった。いつだって冷たくて、恐ろしいような遠峰の方がよかった。憎しみをもって遠峰を見ている方が楽だった。

俯いたままだった遠峰が動く。「風呂に入る」と言い残してバスルームに行く彼に返事もできずに、僕は放心したままいた。パタンとバスルームのドアが閉まる音を聞いて、その場に崩れ落ちるように座り込んだ。

僕と遠峰の心は通じることはない。僕たちの思いは決して折り合わない。

そう、わかっているのに。

見張りもなく、遠峰もいない室内から、僕は逃げ出したりしなかった。

あれほど逃げたかったのに。どうやって逃げようかと、隙を狙ってばかりいたのに。なぜ僕は逃げなかったのか。わからなくて。その事実は、それからの僕の心をずいぶんと苦しめた。


その晩、僕を抱いて眠った遠峰はらしくなく、朝まで僕とベッドにいた。遠峰は僕が逃げたのを怒らなかった。責められた方が僕にとっては楽なのだと、痛いほど、知った。

あくる日。ホテルの部屋にやってきた矢沢と他の秘書とともに、午前中いっぱい部屋で仕事をしてから出かけていった。遠峰は僕に何も言わなかったし、僕も何も聞かなかった。自分がどうされるのか。どこに連れていかれるのか。気にはなっていたけれど、何も言えなくなっていた。

その答えをくれたのは矢沢だ。

遠峰が出かけた後、矢沢は一人残ってホテルで仕事をしていた。一番手前の部屋をオフィス代わりに使っているのだが、その他にも部屋はある。僕は奥の部屋のベッドで横になり、窓から見える空を眺めたままじっと考えていた。

コンコンというノックの音が聞こえたのはお昼近くになった頃だった。小さく「はい」と答えると、そっとドアが開けられて矢沢が顔を覗かせた。

「光一さん。昼食の用意ができてます」

「…あまり食べたくないんだ」

「少しだけでも…召し上がってください」

いつも、表情がなくて何を考えているのかわからない矢沢だけど、なんだか辛そうに見えて僕は頷いてベッドを降りた。手前の部屋のソファテーブルの上に松花堂弁当が用意されていた。僕はソファに腰かけ、お茶を淹《い》れてきてくれた矢沢に礼を言って箸《はし》を取った。

「私はこのまま出かけますが、何かいるものはありますか？」

「ないよ」

「社長は遅くなると思います。かなり…忙しいので」

少し口ごもった矢沢が不思議で彼に目を上げると、矢沢はすまなさそうにも見える顔で告げた。

「三日後に香港に発つ予定です」

「…僕も行くんだよね？」

頷く矢沢に目を伏せる。やっぱり、香港だった。いったい、僕が次に日本で自由の身になれるのはいつなのか。溜め息をつくと、箸を置いた。とても食事などする気分じゃなかった。

暗い気持ちが込み上げてきて、ソファの背にもたれかかると、矢沢がじっと見ているのに気づいた。顔を上げれば、真剣な表情の矢沢がいる。

「光一さんが思ってらっしゃるほど、社長は強い方じゃありません」

「…そうだね」

「側にいてあげてください」

そう言って、矢沢は頭を下げた。僕はそんな姿を見ていたくなくて、ソファから立ち上がると逃げるように奥の部屋に駆け込んだ。乱暴にドアを閉め、ベッドに倒れ込んで頭からシーツを被る。

何を言われても、何を与えられても僕は遠峰のもとにいるのを納得できない。逃げたい。遠峰から、遠峰を含むすべてから逃げ出したい。

そう思っているのに。

揺らぐこの心はなんだろう？


三日後。僕は遠峰や矢沢たちとともに香港へ旅立った。

アメリカでもドイツでもなく、香港だった。それが三つの究極の選択の結果としていいのかどうか、僕には判別できない。向こうでは遠峰が香港島に用意したという屋敷に幽閉されるのだろう。

JALのファーストからは綺麗に晴れ渡った空が見えた。スチュワーデスがあまり顔色のよくない僕を心配してブランケットを持ってきてくれる。僕は礼を言って受け取り、紺色のそれで肩から下を覆うように羽織った。

遠峰が弱音らしきものを見せたのは一度きりだった。仕事に出て戻ってきた彼はいつも通りの遠峰で、僕は再び、逃げないという誓いを涙ながらに言わされた。それからも忙しいという仕事の間を縫うように部屋に現れて、遠峰は僕を攻め続けた。部屋にこもりきりで、昼夜も逆転した生活だったから食事もまともに取っていない。こうして飛行機に乗っているのも夢の中のようだ。

ふと隣を見れば、遠峰が悠然とコーヒーを飲みながら現地の新聞を読んでいる。その横顔を見て、僕は深い溜め息をつく。

「なんだ？」

「…別に…」

遠峰が僕を愛してるのかどうかはわからない。それでも、遠峰が僕を手放さないだろうというのは、直視したくないほどの現実だ。

いつか、遠峰は僕を捨ててくれるのだろうか。遠峰と別れられる日がやってくるのだろうか。

目眩のする頭を押さえ、僕はそっと瞼を閉じた。

僕は自分の人生を十分に悲劇的なものだと思っている。

けれど、それは他人から見れば、悲劇と呼ぶには大袈裟だと思われるかもしれない。

だが。

僕にとっては、十分に悲劇なのだ。

あとがき

こんにちは。谷崎泉です。「目眩」をお届けしましたが、いかがでしたでしょうか。「君好き」からの読者の方はちょっと違う雰囲気なので苦手って方もいらっしゃるかもしれないと危ぶんでおります。ごめんなさい～。「目眩」が初めての方に説明しますと、谷崎は「君が好きなのさ」というお話をシャレード誌にて連載中です。文庫も出てるのでよかったら読んでみて下さいね（「目眩」とは全然違うお話ではありますが…）。

「目眩」は同人誌で出したものを加筆改稿しました。実は最初はギャグ小説のつもりで書いていたんですね（笑）。どうしようもなく、笑っちゃうほど不幸な受けの出てくる話が書きたい…と思って。だから、一番初めの…同人誌にする前の「目眩」はもっと笑える話でした。それを同人誌向けにちょっとアレンジして、今回はもっとセンチメンタル（？）系にしてみました。なんて言うか、私的には光一は一生遠峰とは相容れなくって、いつまでも振り回されるって形の関係だと思うんですね。けれど、文庫ではそうじゃなくて、もうちょっと人間味のある（笑）光一をお届けできたと思います。

そして、香港へドナドナされてしまった光一が今後どうなるのか。知りたい方は編集部へ

「香港編を出して」と熱い要望を送りましょう（笑）。光一は改心して（笑）遠峰を好きになることができるのか。香港でもまた振り回される運命が待ち受けているのか。どうなるんでしょう。

今回、挿し絵を引き受けて下さった藤咲なおみ様にとても感謝いたします。小娘の頃から藤咲さんの華麗な絵のファンだった私なのでありがたくて勿体ないほどです。死ぬほどかっこいい遠峰をありがとうございます〜。光一も妖しい魅力なの！　耽美なの！（私には本当に勿体ない…）

毎度のことながら、ご迷惑をおかけしてる編集部の皆様にも感謝の嵐でございます。いつものメンバー、トータス、ユキコさん、テリーにも感謝感謝です。皆様がいるからこうしてやっていられるのです。同人誌の方は「IZUMI TANIZAKI」というサークル名で東京大阪方面の大きなイベントには参加しております。色々出していますのでよろしかったら覗いてやって下さいませね。

最後に。いつも支えて下さる読者の方に心からありがとうを。私が好き勝手なものを書いてもおおらかな気持ちで許して読んで下さる皆様がいてこその私です。楽しんで頂けたことを願いまして…。

谷崎泉

＊本作品は同人誌「目眩」を元に書き下ろしたものです。

CHARADE BUNKO

目眩《めまい》

［著　者］ 谷崎《たにさき》 泉《いずみ》

［発行所］ 株式会社 二見書房
東京都文京区音羽 1－21－11
電話 03（3942）2311［営業］
03（3942）2315［編集］
振替 00170－4－2639

［印　刷］ 株式会社堀内印刷所
［製　本］ ナショナル製本

落丁・乱丁本はお取り替えいたします。
定価は、カバーに表示してあります。

ISBN4－576－00568－5
http://www.futami.co.jp

作品募集のお知らせ

■ 小 説 ■

シャレード文庫では皆様の小説原稿を大募集しております

【募集作品】男の子同士、男性同士の恋愛をテーマにした作品（同人誌作品可）
【応募資格】新人、商業誌デビューされている方問いません
【原稿枚数】400字詰原稿用紙250〜400枚（ワープロ原稿の場合20字×40行で印字）
【締切】随時募集中です
【採用の通知】採用、不採用いずれの場合も寸評付きで結果をご報告します。お返事には時間のかかる場合もあります。採用者には当社規定の印税をお支払いいたします
【応募要項】別紙にタイトル、本名＆ペンネーム（ふりがなをつける）、住所、電話番号、年齢、職業、投稿歴（商業誌仕事歴）、400字詰原稿換算枚数を明記して、原稿にクリップなどでとめてお送り下さい（Charade誌に書式の整った応募用紙がついています）※その他、詳細についてはCharade（奇数月29日発売）をご確認下さい

■ イラスト ■

隔月刊誌Charade、シャレード文庫ではイラストのお持ち込みも募集しております。掲載、発行予定の作品のイメージに合う方には随時イラストを依頼していきます。新人、デビュー済問いません

【応募】・小説作品のイラストとして①〜④が含まれたモノクロ1色の原稿のコピーをお送り下さい。①背景と人物が入ったもの　②人物に動きのあるもの　③人物のバストアップ　④Hシーン（①〜④の素材はCharade、シャレード文庫の作品、もしくはまったくのオリジナル。いずれも可）・別紙にご連絡先を明記のこと
【原稿サイズ】A4　※原稿の返却はいたしません。コピーをお送り下さい

宛 先 〒112-8655 東京都文京区音羽1-21-11
二見書房　シャレード編集部「小説作品募集」・「イラスト応募」係